KB115120

봉명도
鳳鳴刀

FANTASTIC ORIENTAL HEROES

송진용 新무협 판타지 소설

봉명도 2

송진용 新무협 판타지 소설

초판 1쇄 찍은 날 § 2008년 10월 20일
초판 1쇄 펴낸 날 § 2008년 10월 24일

지은이 § 송진용
펴낸이 § 서경석

편집장 § 문혜영
편집 § 정서진 · 유경화 · 최하나

펴낸곳 § 도서출판 청어람
등록번호 § 제1081-1-89호
등록일자 § 1999. 5. 31
어람번호 § 제2-1604호

주소 § 경기도 부천시 원미구 심곡동 163-2 서경B/D 3F (우) 420-010
전화 § 032-656-4452 팩스 § 032-656-4453
http://www.chungeoram.com
E-mail § eoram99@chollian.net

ⓒ 송진용, 2008

ISBN 978-89-251-1519-1 04810
ISBN 978-89-251-1517-/ (세트)

※ 파본은 구입하신 서점에서 교환하여 드립니다.
※ 저자와 협의하여 인지를 붙이지 않습니다.
※ 이 책은 도서출판 청어람과 저작자의 계약에 의해 출판된 것이므로,
   무단 전재 및 유포 · 공유를 금합니다.

봉명도(鳳鳴刀)를 찾아 종횡강호하는 중에 드러나는 어둠의 실체.
대체 누가 적이고 누가 동지인 것이냐?

내공없이도 잘 싸운다. 그러나 내공이 있으면 더 잘 싸운다.

봉명도
鳳鳴刀

난세를 종식시킬 봉명도의 비밀은 하늘에 있으니, 봉황이 날아오르는 날
운명은 그를 영원히 잊혀지지 않을 전설로 만들어주리라.

아가만리

2

FANTASTIC ORIENTAL HEROES

청남

目次

第一章

기념해야 할 날, 그리고 불쌍한 장팔봉

鳳鳴刀

봉명도

기념해야 할 날, 그리고 불쌍한 장팔봉

"제자야."

"예, 공 사부."

"제자야."

"예, 공 사부."

"제자야."

"……."

공자청은 장팔봉이 자신을 더 이상 사숙이라 부르지 않는다는 데에 기분이 좋았고, 사부라고 불러주는 데에 감격했다.

그 소리를 듣고 싶어서 자꾸만 불러댄다.

"오늘은 염 난쟁이의 화염마장 제이초식의 구결이다. 잘 들어라. 커흠."

"예, 공 사부."

잘 듣고 말고 할 것도 없다.

입으로는 '예, 사부' 하면서 벌렁 드러누워 다리를 까닥거리는 장팔봉의 머릿속으로 공자청의 중얼거림이 쏙쏙 파고들었다.

저절로 새겨져 잊으려고 해도 잊을 수 없게 된다.

그렇게 닷새를 보내는 동안 다섯 노사부들의 구결 한 가지씩을 모두 전해 받았다.

그다음 닷새 동안은 각 구결에 대한 세세한 설명을 듣고 운용법을 배웠다.

그것 또한 지극히 어렵고 철학적인 의미들로 범벅이 되어 있는 것이었으므로 장팔봉에게는 무리였다. 그래서 노사부들은 역시 독안마효 공자청의 공령심어에 의지할 수밖에 없었다.

장팔봉으로서는 누워서 떡 먹기나 다름없는 일이었다.

그 후로 이십 일 동안은 다섯 사부들이 자신들의 절기를 시범해 보이며 손수 가르쳐 주는 시간이었다.

그것만큼은 공자청의 공령심어가 필요없었다. 눈으로 보고 몸으로 따라 해야 하는 것이기 때문이다.

거기서 장팔봉의 진가가 유감없이 드러났는데, 다섯 노사부이자 대마존들을 놀라게 하기에 충분했다.

"어라?"

제일 먼저 장팔봉에게 자신의 지법을 가르쳐 주던 무정철수 곽대련이 눈을 휘둥그레 떴다.

난해하기로 둘째가라면 서러울 자신의 마정십지(魔精十指) 열 초식 중 첫 번째 초식을 가르쳐 줄 때였다.

매 초식마다 열 개의 변식과 변초가 들어 있어 복잡하기 짝이 없는 것인데, 딱 두 번 초식의 운용에 대해서 설명해 주고 그 투로를 보여주자 장팔봉이 제가 해보겠다며 나서는 것 아닌가.

'흥, 이놈이 구결을 거저먹을 때처럼 이것도 저절로 될 줄 아는 모양이군. 골탕 좀 먹어봐라.'

곽대련은 그런 심정으로 뒷짐을 지고 물러섰다.

한번 해볼 테면 해보라는 듯 느긋하게 장팔봉을 바라보던 그의 얼굴이 점점 흙빛으로 변해갔다.

'어라? 저놈이? 저거, 저거⋯⋯.'

눈마저 점점 커지더니 찢어져라 부릅뜬다.

기어이 경악으로 입도 딱 벌어졌다.

단 두 번.

두 번 보았을 뿐인데, 장팔봉이 완벽하게 마정십지의 첫 번째 초식을 재현해 낸 것이다.

팔을 휘두르고 손가락으로 이곳저곳을 가리키며 맴도는 동작과 그것을 받쳐 주는 보법이며 신법을 한 점 어색함도 없이, 부족한 곳도 없이 그대로 해 보인다.

그러고 나서 '어때서?' 하는 얼굴로 바라보는 것 아닌가.

곽대련이 저도 모르게 악을 썼다.

"기재다! 초절정 기재야! 무식한 것만 빼면!"

장팔봉이 몸으로 이해하고 받아들이는 재능은 누구에게서도 찾아볼 수 없는 것이었다.

특이하고 괴상하다고 표현할 수밖에 없다.

타고난 재능인데, 그것만으로도 초절정 기재라는 소리를 듣기에 부끄럽지 않을 정도였다.

한나절 동안 곽대련은 정신없이 자신의 마정십지 열 개의 초식과 일백 개의 변화를 모두 보여주었고, 장팔봉은 그것을 쪽쪽 빨아들였다.

배고픈 늑대가 던져 주는 고깃점을 넙죽넙죽 받아먹듯 해치워 버린 것이다.

다시 시켜보아도 똑같이 해 보일뿐더러, 거꾸로 시켜도 막힘이 없었고, 아무 초식이나 불러주어도 그것을 즉각 시전해 보일 정도로 완벽했다.

'믿을 수 없어. 이건 꿈이야.'

기어이 곽대련은 넋이 나가고 말았다.

천고의 기재라고 칭송받았던 제가 마정십지를 배울 때도 이와 같지 못했다는 걸 생각하면 장팔봉이 더욱 사람 같지 않아 보였다.

다음으로 똑같은 과정을 거쳐서 똑같이 경악한 사람은 무영혈마 양괴철이었다.

그는 자신의 환영마보(幻影魔步)를 전해주었는데, 결국 너무 놀라고 황당해 입에서 거품을 뿜어내며 기절해 버리고 말았다.

절세신마 당백련은 곽, 양 두 노인으로부터 그런 말을 듣고 비웃었다.

"시시한 놈들 같으니. 너희들의 절기라는 게 그만큼 엉성한 것이었던 게지. 그동안 지나치게 과장되어 왔다는 증거다. 거품이었던 게야. 쯧쯧―"

그러면서 나가더니 한나절 뒤에 혈색이 사라진 얼굴로 비틀거리며 돌아와 드러누웠다.

"저놈은 인간이 아니었어. 괴물이었다. 우리가 깜빡 속은 거야. 에휴―"

땅이 꺼지게 한숨을 쉰다.

자신의 마공 중 마공이라고 자부하는 칠십이로(七十二路) 파천도법(破天刀法)을 하룻밤 사이에 장팔봉에게 몽땅 빨려 버렸던 것이다.

장팔봉은 신이 났다. 이처럼 재미있는 시간을 가져본 게 언제인지 까마득했는데, 다시 맞이했으니 그렇다.

어렸을 적, 사부로부터 삼절문의 도법인 삼절도법 이십사식을 배울 때 이처럼 신났을 뿐, 그 뒤로는 영 재미있는 일을 만나지 못했으니 더욱 흥분된다.

한숨도 자지 않고 밤을 꼬박 새운 다음날은 즉시 독안마효 공자청에게 달려가 그의 절세마무(絕世魔舞)라는 염왕진무(閻王震舞)를 쪽쪽 빨아들였다. 오전 중의 일이었다.

점심도 거른 채 땀을 뻘뻘 흘리며 마지막으로 왜마왕 염철석에게 달려가더니 그의 밥그릇을 빼앗아 던져 버리고 어서 화염마장을 가르쳐 달라고 졸라댔다.

그리고는 오후 한나절 동안 그것마저 탈탈 털어가 버렸다.

"이게 도대체 무슨 일이냐?"

"이건 재앙이야."

"아니, 다시 생각해 봐. 어쩌면 하늘이 우리를 불쌍하게 여겨서 저런 괴물 같은 놈을 내려보낸 건지도 모르잖아?"

"저놈이 세상에 나간다면 아무도 제어할 수 없을 거다."

"흐흐흐, 우리 손으로 고금제일의 대마존을, 아니, 괴물을 하나 만들어낸 것이지. 저놈의 악명이 높아질수록 덩달아 우리 다섯 마존의 이름도 높아질 것이니 나는 즐겁기만 하다. 사람들은 저놈과 함께 우리 다섯 마존들을 기억하게 될 것 아니겠어? 그건 곧 우리의 존재가 영원히 지속된다는 것과 다르지 않다. 그래서 나는 눈물이 나도록 기뻐. 히히히—"

둘러앉아 한숨을 푹푹 내쉬며 한탄하던 네 명의 노인은 마지막으로 한 독안마효 공자청의 말에 일제히 탄성을 발했다.

"그렇다! 저놈은 과연 하늘이 내려준 복덩이야!"

한순간에 그렇게 의견이 모아졌다.

"그러니 저놈을 이 좁아터진 지옥 속에 놔둘 수는 없지. 그래서야 우리의 수고가 모두 헛일이 되지 않겠어?"

"맞다! 나는 절대로 나의 절기가 이곳에서 썩어버리기를 원치 않는다!"

다섯 노인들의 눈이 횃불처럼 이글이글 타올랐다.

장팔봉은 그런 다섯 노사부들의 고심을 아는지 모르는지, 염라소의 광장에서 쉬지 않고 춤을 추듯이 다섯 가지 절기를 되풀이해 연마하고 있었다.

지독한 몰입이고 노력이었다.

배고픈 것도 잊고 잠자는 것도 잊었으며, 지칠 줄도 모르고 사흘째나 저렇게 혼자 난리를 치고 있는 것이다.

내공이 변변치 않았으므로 바람을 가르는 경력이 쏟아져 나가지 않았고, 태산 같은 막중함이 엿보이지 않았지만 그의 초식은 갈수록 완벽해지고 있었다.

하루만 더 지나면 다섯 노인들 본인이 펼쳐 보이는 것보다 더 완전하고 능숙해질 것이다.

양 노인이 곽 노인의 옆구리를 쿡, 찔렀다.

"어때? 저놈이라면 그 배은망덕한 호로자식을 잡을 수 있지 않겠어?"

"너도 그런 생각을 하고 있었구나."

두 노인의 소곤거림이 나머지 세 노인의 귓속에 천둥소리처럼 울렸다.

절세신마 당백련이 벌떡 일어났다.

이글거리는 눈으로 네 노인을 바라보더니 스산한 미소를 짓는다.

그의 신선 같던 얼굴이 이내 악귀 야차의 그것보다 더 끔찍하고 무섭게 변한다.

그가 입을 열었는데, 점잖던 음성마저 쇠를 긁어대는 것 같은 역겨운 것으로 변해 있었다.

"으흐흐흐, 그 개 호로자식 말이지? 흐흐흐—"

생각만 해도 이가 갈리고 원한이 샘솟는 듯했다.

"잘 말해주었다. 지난 오십 년 동안 나는 한시도 그놈을 잊어본 적이 없었지. 그런데 이 며칠 동안은 까맣게 잊고 있었다."

장팔봉의 등장 이후 그와 지내는 새로운 재미에 빠져 있던 것이다. 그건 뼛속 깊이 새겼던 원한마저 잊었을 만큼 신선하고 재미있는 일이었다.

그런데 불쑥 다시 그 원한이 살아났다. 절로 이가 갈린다.

당백련의 급변한 모습에 나머지 네 노인이 잔뜩 긴장하여 그를 바라보았다.

당백련이 여전히 악귀처럼 변한 얼굴로 저쪽에서 자신의 칠십이로 파천도법을 연습하는 데 푹 빠져 있는 장팔봉을 바라보며 말했다.

"으흐흐흐— 그렇다면 더욱 저놈을 이 지옥 밖으로 내보내야겠지. 그 개 호로자식에게 우리의 분노를 확실히 전해주어야 할 것 아니겠느냐?"

"하지만 말이다. 그런데, 그러니까……."

무정철수 곽대련의 얼굴이 갑자기 어두워졌다.

무언가 꼭 해야 하는 말이 있는데 차마 꺼내지 못하고 우물

쭈물한다.

그것을 본 무영혈마 양괴철의 눈도 공허해졌다. 쪼글쪼글한 얼굴 가득 안타까움과 아쉬움이 깃들더니 긴 한숨을 내쉬었다.

"그러니까… 그렇단 말이다."

어리둥절해서 그들을 바라보던 나머지 세 노인의 안색도 급격히 어두워졌다.

분노로 이를 갈던 당 노인이 탄식하고 고개를 숙인다.

공 노인과 염 노인 또한 막막해진 심정을 얼굴에 고스란히 드러내고 한숨만 푹푹 쉬었다.

아무도 더 이상 말하려 하지 않았다. 무겁고 답답한 침묵만 지속된다.

"제기랄, 왜 저런 놈을 제자로 삼은 거야? 누구야? 누가 제자로 삼자고 했어?"

왜마왕 염철석의 신경질적인 말에 다들 서로의 눈치만 보았는데, 맨 처음 장팔봉을 발견했고 그를 회유해 제자로 삼고 좋아했던 곽, 양 두 노인은 쓴 입맛을 다실 수밖에 없었다.

＊　　　　＊　　　　＊

그들이 장팔봉의 기혈에 이상이 있다는 걸 안 것은 오늘 아침의 일이었다.

느긋하게 식사를 마치고 장팔봉이 가져온 물을 홀짝 마시고

난 다음이었던 것이다.

"이제 대충 무공의 구결이며 초식은 전해주었으니 저놈의 내공을 높여줘야 하지 않을까?"

절세신마 당백련의 말에 다른 노인들이 모두 고개를 끄덕였다.

"그전에 저놈의 기혈 상태를 철저하게 점검해 볼 필요가 있겠지?"

이의가 있을 리 없다.

과연 장팔봉의 혈도가 정상적인지, 혈맥은 튼튼한지, 기혈의 운행이 순조롭게 이루어지고 있는지 등등을 확인하는 일이 선행되어야 하는 것이다.

그래서 이상이 없다고 판단되어야 자신들의 무지막지한 내공으로 장팔봉의 체내에 축적되어 있는 영초와 영수의 기운을 활성화시켜 줄 수 있기 때문이다.

다섯 노인들 중 의술에 가장 밝은 사람은 성질 급한 왜마왕 염철석이었다.

"제자야, 이리 좀 와봐라."

"예, 사부."

밥그릇들을 치우던 장팔봉이 왜 그러나? 하는 얼굴로 다가왔다.

"저깃 좀 뵈라."

"어디요?"

픽!

고개를 돌리기 무섭게 염철석이 냅다 뒤통수를 후려쳤다.

장팔봉은 억! 하고 놀랄 새도 없이, 왜 그러는지도 모르는 채 기절해 버렸다.

염철석이 축 늘어진 그를 눕혀놓고 온몸을 세밀하게 점검하기 시작했다.

점혈타맥의 수법으로 기혈을 두드려 요동치게 하고, 자신의 내공을 흘려 넣어 그것의 흐름을 감지해 가던 염철석이 머리를 갸웃거렸다.

"허어—"

"뭔데? 왜 그래?"

"뭐가 또 놀랄 일이라도 있는 거냐?"

"저놈이 멀쩡한 사람 여럿 놀라게 하는구만."

호기심으로 지켜보던 노괴물들이 일제히 떠들어댔다.

"아, 조용히 좀 해봐!"

빽, 소리친 염철석이 처음부터 다시 한 번 반복했는데 수시로 얼굴색이 변했다.

"휴—"

한숨을 쉬고 물러앉은 그가 울 듯한 얼굴을 했다.

"나는 더 못하겠다."

"왜?"

"저리 비켜봐."

두 번째로 의술에 밝은 무정철수 곽대련이 노괴물들을 밀치고 나섰다.

염철석이 했던 것처럼 세밀하게 장팔봉의 기혈과 혈맥들을 살펴보고 기의 운행을 점검하던 그의 낯빛이 노랗게 떴다.

"이, 이건, 이건… 말도 안 돼……."

"뭔데? 왜 그러는데?"

독안마효 공자청이 달라붙었다. 그리고 조금 뒤 그 또한 넋이 나간 얼굴로 멍하니 허공을 바라보았다. 한숨만 푹푹 내쉰다.

염철석이 겨우 말했다.

"다 틀렸다. 이놈은 내공을 가질 수 없어. 빛 좋은 개살구였고, 흙으로 빚어놓은 인형이었던 게야. 어이구, 내 팔자야……."

"흙으로 빚어놓은 인형… 그래, 그 표현이 딱 맞다. 어이구, 내 팔자야……."

"이렇게, 이렇게… 불쌍한 놈이었을 줄이야……. 아무것도 모르고 이날까지 그저 신나게, 시시덕거리면서 살아왔다는 거잖아? 얼마나 불쌍해. 쯧쯧―"

공자청의 하나뿐인 눈에 눈물이 글썽거린다.

"그러니까… 그러니까, 처음에 이놈의 기혈을 시험해 보았을 때 느꼈던 그 이상한 기운이… 그게 일시적인 현상이 아니었단 말이냐?"

한 가닥 희망이 물거품처럼 사라져 버릴지도 모른다는 현실 앞에서 얼굴에 절망의 그늘이 드리우는 건 당백련만이 아니었다.

염철석이 모두에게 설명하기 시작했다.

"저놈의 사부라는 인간이 저놈에게 내공을 전수하지 않은 이유가 있었던 거야. 내공이 커지면 저놈은 그냥 뒈져 버린다."

"……."

"기혈이 흐르는 혈맥이 뭔가 이상해. 말하자면 진흙으로 만든 대롱 같다고나 할까? 잘 말라 있을 때는 괜찮지만 물이 콸콸 흘러가면 어떻게 되겠어? 점점 말랑말랑해지다가 서서히 녹아서 무너져 버리겠지? 그러면 뒈지는 거야."

"……."

그랬다.

그는 내공을 수련할 수 없는 특이한 체질이었던 것이다.

하지만 살아가는 데에는 아무 지장이 없다.

아니, 오히려 보통 사람들보다 훨씬 튼튼하고 끈질겼다. 그냥 지금처럼 살면 무병장수하는 것이다.

그러니 그 자신도 기가 흐르는 제 혈도와 혈맥에 이상이 있다는 걸 알지 못했다. 관심도 두지 않았다.

그러나 강호의 고수로 거듭나려고 하면 그건 큰 문제가 되지 않을 수 없었다. 내공을 쌓을 수 없으니 상승의 무공을 가질 수 없기 때문이다.

평생 삼류의 한계를 넘지 못할 것이다.

죽어라 노력하고, 신기막측한 절기를 수련한다고 해도 이류의 문턱을 넘나드는 데 그치리라.

그러니 그냥 농사나 짓고 살아야 하는 팔자를 타고났다고 해야 할 것이다.

"나는 이런 신체가 있다는 걸 오늘 처음 알았다."

염철석의 말에 다들 벙어리가 된 것처럼 침묵했다.

오음절맥이니, 구음절맥이니 하는 희귀한 절증이 있다는 건 잘 알고 있었다. 하지만 장팔봉의 경우는 그 어느 쪽에도 속하지 않은 것이었다.

누구도 이런 몸을 가진 자가 있다는 말을 들어본 적도 없다.

무거운 침묵을 양괴철이 깨뜨렸다.

"대체 이걸 뭐라고 불러야 하는 거냐?"

울 듯이 낯을 찡그리고 있던 당백련이 신경질적으로 소리쳤다.

"뭐라고 하긴 뭐라고 해! 우리를 절망에 빠뜨린 진흙 인형이니까 그냥 여토광한절맥(如土狂恨絶脈)이라고 하면 되지!"

혈도가 진흙 같아서 미치게 한스러운 저주받은 혈맥이라는 뜻이다.

그 말에 나머지 네 노인이 모두 고개를 끄덕였다. 지금 이 상황에서 그것보다 적절한 단어의 조합은 찾을 수 없을 것이기 때문이다.

그날 아침은 그래서 강호에 하나의 새로운 절맥증이 나타난 기념할 만한 날이 되었다.

*　　　*　　　*

다섯 노괴물이 장팔봉을 에워쌌다. 바라보는 눈길들에 수없이 많은 감정이 오락가락한다.

"애야."

"예, 사부님."

무정철수 곽대련의 부름에 장팔봉이 공손하게 대답했다.

그를 바라보는 곽대련의 얼굴 가득 안타까워하는 기색이 떠올랐다.

그와 양괴철은 제일 처음 장팔봉을 발견했고 제자로 거둔 사람들인만큼 그에 대한 애정이 다른 세 노인보다 각별했다.

그래서 안타까움이 더 크다.

"너는 그냥 여기서 우리와 함께 재미있게 살다가 죽어라."

"예?"

"밖으로 나가봐야 천지사방이 온통 너를 죽이려고 하는 놈들로 가득할 텐데 무슨 재미가 있겠어?"

"아니, 왜요?"

"네가 우리 다섯 마존의 공동 전인이니까 그렇지. 우리에게 한을 품은 놈들이 어디 한두 명인 줄 아느냐?"

그럴 것이다. 당연한 일이다.

그들에게 당한 자가 대대손손 한을 물려오고 있었다면 온 천하가 죄다 원수들이라고 해도 과언이 아닐 것이다.

장팔봉이 충분히 이해한다는 얼굴로 고개를 끄덕였다.

"네가 밖으로 나가고 그 사실이 알려지면, 이를 박박 갈며 달려올 놈들이 메뚜기 떼 같을 거다. 온 천지가 그냥 천라지망이 되는 거야."

"쳇, 절세무적의 초절기를 다섯 가지나 배웠는데 두려울 게 뭐가 있습니까? 눈만 한번 부라려도 죄다 알아서 끓지 않을까요?"

"그게 아니란다. 너에게 이걸 말해줘야 할지, 말아야 할지 모르겠구나. 에휴—"

땅이 꺼지도록 한숨을 쉰 곽대련이 동의를 구하듯 나머지 네 노인을 바라보았다.

그들이 슬픔 가득한 얼굴로 묵묵히 침묵하더니 마지못한 듯 고개를 끄덕였다.

'뭐, 별 상관 없잖아?'

그렇게 생각한 장팔봉은 다섯 노인네들의 와자하게 떠들어대던 말들을 죄다 듣지 못한 것으로 돌려 버렸다.

'까짓 내공 따위 없으면 어때? 그런 거 없어도 여태까지 잘 먹고 잘살아왔잖아? 안 그래?'

스스로에게 그렇게 말해주지만 마음 한구석에 자꾸 어둠이 깃드는 건 어쩔 수 없었다.

'염병, 내 팔자가 그렇지 뭐.'

팔자타령도 해보지만 나아질 리 없다.

알면 병이요, 모르는 게 약이라던 옛말이 틀리지 않다는 생각에 다섯 노인네가 더 미워졌다.

'그냥 저희들끼리 수군대고 씹어가면서 즐기면 되지, 왜 말해줘서 나를 심란하게 만들고 지랄이야? 내가 언제 물어봤어?'

한껏 눈을 흘기지만 속마음을 바깥으로 꺼내놓을 수는 없다.

그런 장팔봉의 마음을 아는지 모르는지, 무정철수 곽대련이 부드러운 얼굴을 하고 불렀다.

"애야."

"예, 사부님."

"실망할 것 없다. 이곳에서 사는 것도 뭐 그리 나쁘지는 않아. 한 이십 년쯤만 견디고 있으면 적응이 되느니라."

"이십 년……."

한숨을 쉰 장팔봉이 되도록 처연한 표정을 만들기 위해 애쓰며 다섯 사부를 차례차례 둘러보았다. 그와 눈이 마주친 노괴물마다 슬그머니 외면한다.

'염병, 나한테는 지금 이 년, 아니, 두 달도 지겹단 말이다.'

하루라도 빨리 봉명도가 있는 곳을 알아내서 무림맹으로 돌아가야 한다. 그렇지 않으면 무림맹은 강호에서 사라져 버릴 것이다.

그걸 막아야 한다는 절대적인 사명을 부여받고 있는 몸 아닌가, 하는 생각에 더욱 초조해졌다.

무림맹을 구해야 사부로부터 그 듣기 싫은 잔소리를 듣지 않아도 된다. 마주 앉아 밥 먹고 차 마실 때마다 얼마나 지겨웠던가.

"다섯 사부님들이 저를 아껴주는 마음은 잘 알겠습니다. 하지만 제자는 이제 단 하루도 이곳에 있고 싶지가 않군요."

"어째서? 우리가 싫어진 게냐? 정말 그래?"

난쟁이, 왜마왕 염철석이 성급히 물었다. 장팔봉이 더욱 처연한 얼굴을 한 채 머리를 가로저었다.

"어찌 제자가 그런 쳐 죽일 생각을 할 수 있겠습니까? 다섯 사부님들의 은혜와 사랑을 한시도 잊어본 적이 없고, 앞으로도 그럴 것입니다. 죽을 때까지 쭈욱― 말입니다."

그 말에 다섯 노괴물들의 얼굴에 기쁨과 희열이 물결쳤다. 하지만 그래서 더욱 안타깝고 슬퍼진다.

이때라는 듯 장팔봉이 넌지시 말했다.

"내공이고 뭐고 다 필요없으니까, 그냥 제가 한 사람만 만날 수 있게 해주십시오. 그러면 다섯 사부님들의 은혜를 지금보다 열 배는 더 크게 간직하겠습니다."

"응?"

"누구를 만나고 싶다고? 이곳에서 말이냐?"

"그게 누군데?"

"너 혹시 그것 때문에 일부러 여기 들어온 것 아니냐?"

"백 사매의 짐작이 맞는 모양이군."

다섯 노괴물들이 일세히 말했으므로 직직하게 가라앉아 있던 동혈 안이 와자해졌다.

손을 흔들어 그들을 조용하게 한 장팔봉이 비로소 제 속마음을 꺼내놓았다.

'이쯤 되었으니 더 감출 시간도 없고 필요도 없겠지. 또, 알았다고 해도 이제는 나를 죽이지 않을 거야. 그럼 되었지 뭘 더 바라겠어?'

그런 속셈이다.

"실은 패천마련에 납치된 무림맹주를 만나기 위해서 왔습니다."

"무림맹주?"

고개를 갸웃거리던 당 노인이 비로소 생각이 났다는 듯 말했다.

"한 놈이 있기는 한데, 그놈인지 아닌지는 잘 모르겠다."

"누구라는데요?"

"무슨… 적무광이라나? 절대무제라고 한다지? 홍, 제까짓 놈이 절대무제면 나는 광세무적 절대천마라고 해야 할 거다."

"나는 고금제일신마."

"그럼 나는 원조 제일신마."

"나는 우내제일 절대식인마라고 할 테다. 히히, 무제니 신마니 천마니 하는 것들만 찾아다니면서 죄다 잡아먹을 테야."

"시끄럽다, 이 잡것들아!"

꽥, 소리친 당 노인이 다시 점잖은 얼굴로 턱수염을 쓰다듬으며 말했다.

"네가 오기 전에 무간지옥문으로 한 놈이 굴러 떨어졌는데, 제법 풍채가 좋고 뭔가 한가락 할 것 같은 놈이었다."

"그가, 그가 지금 어디에 있습니까?"

"그런데 너는 왜 그놈을 만나려고 하는 거냐?"

'말해줘? 말하지 마?'

장팔봉은 다시 갈등했다.

하지만 자신을 바라보는 다섯 노괴물들의 똘망똘망한 눈을 보고 나자 감출 자신이 없어졌다.

'하긴, 말해준들 무슨 상관이야? 이 염병할 곳에서 비밀을 지키고 있어봤자 누가 알아줘?'

"커흠!"

헛기침을 크게 한 장팔봉이 다섯 사부의 눈치를 보면서 천천히 말했다.

"실은 한 가지 물건에 대한 소재를 알아내려는 것입지요."

"그게 뭔데?"

장팔봉이 퉁명스럽게 말해 버렸다.

"봉명도."

"으헛! 봉명도!"

기대감으로 눈을 반짝이던 다섯 노인이 깜짝 놀라 동시에 소리쳤다.

"봉명도란 말이냐? 그놈이 그걸 알고 있어?"

'어라?'

장팔봉의 눈이 휘둥그레졌다. 반응이 심상치 않았기 때문이다.

"그게 정말이냐? 왜 진작 말하지 않았어, 앙!"

곽대련이 장팔봉의 목을 움켜쥐었다.

"켁, 켁, 언제 사부님이 물어본 적 있나요?"

"가만, 그러니까 그 흰 수염 난 놈이 무림맹주이고, 패천마련에 납치되어 이곳에 떨어졌는데, 그놈이 봉명도의 소재를 알고 있단 말이지? 그러냐?"

"그렇답니다."

"그렇답니다?"

"제가 확인한 게 아니니까요. 저도 들은 말이라 아직 긴가민가하고 있거든요."

"누구에게 들었단 말이냐?"

"현 무림맹주인 남천검왕 사자성이지요."

第二章

정이란 무엇이기에…….

鳳鳴刀
봉명도

정이란 무엇이기에……

외눈박이 공가 노인이 머리를 갸웃거렸다.

"사자성? 그놈이 어느새 그렇게 컸나? 무림맹주가 되었단 말이지? 허, 세상은 정말 많이 변했구나."

"그를 아세요?"

"알다마다. 내가 사 씨 가문에 출입할 때 그놈은 예닐곱 살 먹은 꼬마 놈이었다."

"이제 보니 공 사부님은 사자성의 가문과 교류가 있었군요?"

장팔봉의 눈에 의혹이 깃들었다.

한창 때에 독안마효 공자청은 상종할 수 없는 대마왕으로 군림했다고 하지 않았던가.

남천검왕 사자성의 가문은 대대로 정파무림의 명문가였다. 마도의 인물들 보기를 원수 보듯 했어야 마땅하다.

　　'그런데 어째서 대마왕인 공 사부와 교분을 쌓고 있었단 말인가?'

　　아무리 생각해 봐도 모를 일이었다.

　　장팔봉의 그런 눈길을 의식한 공자청이 멋쩍은 얼굴로 헛기침을 연발하고 나서 말했다.

　　"흠, 흠, 사람과 사람이 사귀는데 정도니 마도니 하는 건 아무 소용 없는 거다. 마음이 통하면 보살도 야차와 친구가 될 수 있는 거야. 배짱이 맞으면 마귀도 부처님과 손잡을 수 있는 거지. 그게 정(情)이라는 것이니라. 위대한 거지. 커흠."

　　그러자 장팔봉이 다시 물었다.

　　"그 봉명도가 오래전부터 있었던 물건인 모양이군요? 사부님들도 알고 있는 걸 보니 말입니다."

　　"암, 그렇고말고. 우리 중에 한때 그것을 찾느라고 혈안이 되어서 강호를 뒤지고 다니지 않은 놈이 없느니라."

　　"대체 그게 뭔데 그 야단들이랍니까?"

　　"천하에 다시없는 보도지."

　　"천하에 다시없는 신공절학이기도 하다."

　　"다섯 사부님들의 절기보다 더하단 말입니까?"

　　"그기야… 커흠. 누구도 알 수 없지. 하지만 뭐, 아니라고도… 할 수 없지 않을까?"

　　무정철수 곽대련의 자신없는 말에 장팔봉은 확신을 가졌다.

오직 봉명삼절도법만이 진정한 천하제일의 절기라는 것을.

"가만!"

당 노인이 무엇을 생각했는지 잔뜩 긴장한 얼굴로 손을 들었다.

모두의 시선이 그의 얼굴에 모인다.

"가만, 가만있자, 그게 그러니까……."

"뭔데?"

"뭔데 그러냐, 당가야?"

"봉명도 속에는 봉명삼절도라는 고금제일의 도법이 들어있다고 했지?"

"그런데?"

"그것의 내공심법이 봉명심법이라고 했던가?"

"맞다. 봉명심법. 그 칼에는 구결과 심법, 도법이 함께 담겨있다."

"어쩌면, 어쩌면 말이다……."

"아, 뜸 들이기는! 후딱 말 못해!"

성질 급한 왜마왕 염철석이 껑충 뛰어오르며 버럭 소리쳤다.

"너희들도 생각해 봐라. 봉명삼절도가 천하제일의 절기로 꼽히는 이유에 대해서 말이야."

"그거야 누구도 익혀보지 않았으니 모르지."

"아니, 소문은 들어보았겠지? 나는 그게 정확하다고 믿는다."

"역천도(逆天刀)라는 것 말이냐?"

"그렇다. 봉명삼절도는 음양과 오행의 순리를 거꾸로 세우는 데에서 나온 도법이라고 들었다. 무학의 상리와 틀을 크게 깨뜨리고 벗어난 것이지. 그렇다면 그것의 심법도 그렇겠지?"

"그래서 뭐가 어쨌는데?"

"이놈의 몸 말이다."

"응?"

그제야 나머지 네 노인도 무엇을 깨달은 듯 눈을 크게 떴다.

당 노인이 장팔봉을 눈짓으로 가리켰다.

"우리가 이놈의 희한한 혈맥의 상태를 여토광한절맥(如土狂恨絶脈)이라고 이름 붙인 이유가 뭐였지? 이놈의 혈맥에 내공이 깃들 수 없기 때문 아니었느냐?"

"그런데?"

"그런 진단을 내리게 된 이유를 생각해 보자."

"우리의 내력으로 샅샅이 훑어보았으니 잘못되었을 리가 없다."

"물론이지. 하지만 우리의 내력이라는 게 역천지공이었나?"

"그럼……."

"각자의 내공심법은 다르지만 커다란 원리는 똑같다. 음양오행과 상생상극의 순리에 바탕을 두고 출발하는 거지. 그러니 역행이 아니라 순행이다."

"아!"

당 노인의 말에 비로소 무엇을 깨들은 듯 네 노인이 놀란 얼굴을 했다.

"우리가 걱정하는 것 또한 이놈이 그런 내공심법을 수련할 때의 일이었다. 하지만 봉명심법은 역천행공의 심법일 것이니 그 반대의 현상이 나타날 수도 있지 않을까? 아니, 반드시 그럴 것이다."

그들의 수준 높은 논의를 듣고 있던 장팔봉이 하품을 했다.

눈물을 찍어내며 투덜거린다.

"저기요, 그런데 그 무림맹주는 지금 어디 있나요? 난 그것만 알면 되는데……."

당 노인, 절세신마 당백련이 한마디로 대답했다.

"모른다."

"예?"

장팔봉의 눈이 휘둥그레졌다.

"아니, 조금 전까지 잘 아는 것처럼 말하더니……."

"그런 놈이 이곳에 떨어졌다는 걸 안다는 거였지, 어디 있는지는 아무도 모른다."

"이런, 젠장."

"이곳이 어디 동네 뒷골목 같은 줄 아느냐? 이 거미줄 같고 벌집 같은 동굴 속 어딘가에 처박힌다면 그놈이 스스로 기어나오기 전에는 절대로 찾을 수가 없어."

"그럼 무림맹주가 어디 있는지 아무도 모른다는 겁니까?"

"뭐, 꼭 그런 건 아니다."

"그래요? 아는 사람이 있긴 하군요?"

"그렇기는 한데……."

당 노인이 말꼬리를 흐렸고, 나머지 네 노인도 장팔봉의 부리부리한 눈길을 슬그머니 외면했다.

당 노인이 다시 말했다.

"그런데 그놈을 만나서 봉명도의 위치를 알아내고 나면 여기서 나갈 거냐?"

"그래야지요. 한시가 급한 일이니까요."

"무엇 때문에? 패천마련으로부터 무림맹을 구하려고?"

'아차!'

장팔봉은 내심 낭패라고 부르짖었다.

'그러고 보니 이 노인네들이 모두 마두 중의 마두들 아닌가. 어쩌면 패천마련과도 관계가 있는지 몰라. 그 생각을 까맣게 잊고 있었네. 빌어먹을.'

비로소 그런 자각이 드는 건 그동안 다섯 노인들을 마두로 의식하지 못했다는 증거였다.

어느새 그들에게 정이 들었던 것이다.

이제는 흉측하고 괴기하게 생긴 몰골들이 하나도 징그럽지 않았다.

그저 친한 동네 노인들처럼 보일 뿐, 끔찍한 마두라는 건 조금도 생각하지 못했다.

그런데 무림맹을 구하기 위해서 봉명도를 찾아야 한다고 이실직고해 버렸으니 과연 그들이 도와줄까? 하는 의구심이 들었다.

겁이 난다.

"저기, 그러니까, 뭐 꼭 패천마련을 박살 내겠다, 그런 건 아니고요… 그냥 명령을 받아서… 그래서 어쩔 수 없이 그런 거란 말씀이거든요?"

"흐흐흐, 애써 변명할 것 없다."

곁에 앉아 있던 외눈박이 공 노인이 장팔봉의 등을 두드렸다.

"우리 눈치 볼 것 없어. 우리야 뭐 패천마련이 박살나든, 무림맹이 똥물에 잠기든 아무 상관도 없단 말씀이야. 그렇지 않으냐?"

그리고 나머지 노인들에게 하나뿐인 눈을 부라리며 묻는다. 동의하지 않으면 당장 원수가 될 것 같다.

그에 네 노인이 일제히 머리를 끄덕였다.

"맞다. 우리는 그냥 우리야."

"그것들과 아무 상관도 없어."

"그냥 너 하고 싶은 대로 해라."

"죽이고 싶은 놈이 있으면 다 죽여 버려. 무림맹이든 패천마련이든 신경 쓸 것 없다."

묵묵히 그들의 말을 듣고 있던 공 노인이 쓸쓸함이 깃든 음성으로 말했다.

"무림맹주라는 놈이 죽어버렸으면 좋겠구나. 그러면 네가 여기를 나갈 필요가 없잖아?"

그 말에 나머지 노인들이 숙연해졌고, 장팔봉 또한 가슴이 뭉클해졌다.

＊　　　　＊　　　　＊

염라화 백무향의 절대영역인 염화동천(閻花洞天) 안에 여섯 사람이 원형으로 둘러앉아 있었다.

무거운 침묵이 흐른 지 벌써 반 시진이나 되어가지만 여전히 누구도 입을 열지 않았고, 누구도 재촉하지 않았다.

"……."

퐁, 퐁, 퐁―

그 지루한 적막 속으로 물방울 떨어지는 소리가 점점 크게 들려왔다.

"호―"

이 지옥 속의 유일한 여인.

은은한 박하향을 두르고 있는 염라화 백무향이 들릴 듯 말 듯 한숨을 쉬었다.

염라소의 다섯 노괴물들이 지그시 감고 있던 눈을 일제히 떴다. 그러자 아홉 개의 눈에서 강렬한 안광이 와르르 쏟아져 나온다.

"그러니까 저놈에게 무림맹주라는 자가 있는 곳을 가르쳐 주라는 건가요?"

백무향의 말에 다섯 노괴물이 일제히 머리를 끄덕였다.

"왜죠?"

"그래야 저놈이 밖으로 나가거든."

"그래야 우리를 대신해서 그 개 후레자식에게 본때를 보여줄 수 있잖아."

"우리는 그동안 너무 많이 참고 있었다."

"사실 참지 않아도 별수없었긴 하지만 말이야."

"그러니까 저놈이 무림맹주라는 놈을 만나게 해줘야 한다고."

"다섯 오라버니는 벌써 저놈에게 절기를 다 물려준 건가요?"

"뭐 물려주고 자시고 할 것도 없어. 히히히—"

외눈박이 공 노인이 우쭐거리며 말했다.

"그냥 대가리 속에 쑤셔 넣었으니까. 제놈이 필요하면 언젠가는 꺼내서 잘 써먹겠지 뭐."

충분히 이해했다는 얼굴로 백무향이 배시시 웃었다.

"내공은?"

대답은 당 노인이 했다.

"한 가지 어려운 점이 있어서 아직 망설이고 있는 중이다."

"어째서요? 당 오라버니가 연성응신(連星應神)의 대법을 펼치고, 나머지 사람이 각자의 내공으로 도와준다면 저놈의 몸 안에 깃들어 있는 영약의 힘을 최대한 끌어올려 줄 수 있을 텐데?"

"그게 어렵다는 거지."

이해할 수 없다는 듯 백무향이 머리를 갸웃거렸다.

"네가 말해라."

당 노인이 곽 노인에게 떠넘긴다.

"왜 하필 나란 말이냐?"

인상을 쓴 곽 노인이 머뭇거리다가 겨우 입을 열었는데, 어눌하고 슬픈 어조였다.

"저놈에게는 선천적인 제약이 있었어."

"뭐라고요?"

"저놈은 그동안 까맣게 모르고 살아왔던 거야. 알고 보면 참 불쌍한 놈이다. 에그—"

"대체 무슨 말인지 속 시원하게 털어놔 봐요."

"양가야, 네가 말해라."

"커흠."

헛기침부터 한 무영혈마 양괴철이 한참을 더 뜸 들인 후에야 마지못한 듯 말했다.

"저놈이 왜 내공이라는 게 없다시피 미약한 줄 아냐?"

"아니."

다시 한숨을 쉰 양괴철이 느릿느릿 말했다.

그의 친절하고 긴 설명을 듣는 동안 백무향의 얼굴이 수시로 변했다.

"…그래서 그렇단 말이다."

드디어 양괴철의 긴 설명이 끝났다.

그녀가 어이없다는 듯 호호, 웃었다.

"무슨… 세상에 그런 이상한 몸뚱이를 가진 사람이 있어?

듣느니 처음 듣는 얘기네."

"세상에는 온갖 희귀한 병도 많고, 온갖 지랄 같은 몸을 갖고 태어난 자도 많은 거다. 저놈도 그중 한 개의 지랄 같은 몸뚱이를 선천적으로 가지고 태어났다고 생각하면 돼. 불쌍한 놈이지."

"그걸 여태까지 아무도 모르고 있었단 말인가요?"

"처음에 저놈을 만났을 때 말이다, 그때 저놈의 기혈을 살펴본 적이 있었거든. 이상한 기운이 감지되긴 했지만 별로 신경 쓰지 않았다. 영초와 영수를 무식하게 뜯어 처먹어서 그런가 보다, 하고 생각했을 뿐이야."

눈을 흘긴 백무향이 잠시 생각하더니 고개를 갸웃거렸다.

"내공이 있어서 기혈이 혈맥을 따라 운행하면 죽는 놈이라면서? 그런데 저놈의 혈맥에는 미약하지만 내공이 흐르고 있다니 대체 말이 돼요?"

"그러니까 저놈의 첫 번째 사부라는 작자가 그렇게 해준 거야. 그 작자가 저놈의 몸뚱이 상태를 안 거지. 그래서 겨우 그 진흙 대롱이 말랑거릴 정도로만 흐르도록 허접스런 내공심법을 전수한 거다."

알 것도 같지만 여전히 이해할 수 없는 듯 백무향이 곤혹스런 얼굴을 하고 머리를 갸웃거렸다.

"뭐, 농사나 짓고 산다면 그런 걱정을 안 해도 되겠지. 핏줄에 피만 통하면 되니까 말이야. 하지만 그래도 강호에서 칼밥을 먹고살겠다면 그건 곤란하지 않겠어? 상승의 무공을 익힐 수 없으니 재수없게 고수를 만나면 대책없이 뒈질 수밖에 없거든."

"대체 무슨 그런 병이 다 있대?"

"그러게 말이다. 아무튼 저주받은 혈맥이야."

"핏, 오음절맥이니 구음절맥이니 하는 소리는 들어봤어도 그런 건 처음이다. 거짓말이지?"

"아니라니까. 우리도 저런 건 처음이다. 그런데 다른 절맥들과 통하는 공통점이 있더라고."

"그게 뭔데요?"

"대체로 오음절맥이나 구음절맥을 타고난 자들은 수명이 짧은 대신 머리가 좋다. 천고의 기재 소리를 듣잖아?"

"그럼 저놈도 그렇다는 거예요? 흥, 내가 볼 때는 영 멍청하기 짝이 없는 얼간이일 뿐인데 뭘."

"맞아. 저놈은 머리는 그냥 망치 대신 못 박는 데에나 쓰면 좋다. 그 대신 다른 쪽으로 하늘의 보상을 받았지."

"그래요?"

"타고난 감각과 몸뚱이의 기능만은 가히 타의 추종을 불허한다. 감각이 보통 사람으로서는 상상할 수 없을 만큼 잘 발달되어 있는데다가, 무엇이든 보는 대로 몸뚱이가 저절로 흡수해 버려."

"응?"

"아무리 까다롭고 어려운 무공 초식도 그냥 빨아들여 버린다. 그런 놈 봤니?"

"……!"

놀란 얼굴로 양괴철을 바라보던 백무향이 핏, 하고 코웃음을 쳤다.

"그러면 뭐 해? 내공을 익힐 수 없다면서? 아무리 초절정의 절기를 배웠다고 해도 수박 겉 핥기지 뭐. 그걸로 춤이나 추라면 잘 추겠네."

거기서 외눈박이 노인, 독안마효 공자청이 하나뿐인 눈을 부릅떴다. 그녀가 마치 자신의 초절정 절기인 염왕진무를 비웃는 것 같았기 때문이다.

째려보는 공자청을 슬쩍 무시한 백무향의 한마디가 다섯 늙은 괴물들의 가슴을 후벼 팠다.

"내공도 못 쓰는 그런 놈을 내보내서 뭘 어쩌려고? 그놈이 그 개 후레자식의 목을 따서 이리로 던져 줄 수 있겠어?"

"……."

"무림맹주라는 놈을 만나서 봉명도의 위치를 알아냈다고 쳐. 그럼 뭐 할 건데?"

"그거야… 그러니까… 나가서 찾아낸 다음에……."

"나가? 어디로? 그놈이 이 지옥에서 나갈 길을 안대? 기막힌 방법이라도 있대?"

"……."

"흥, 죄다 쓸데없는 짓이지."

백무향이 꿀 먹은 벙어리처럼 되어버린 다섯 노인에게 눈을 흘겼다.

"여기는 오직 허무가 있을 뿐이잖아. 모든 게 다 허무해지고 말아. 아무리 좋은 계획을 세웠어도, 아무리 신나는 일이 있어도 결국에는 허무해지고 말지. 잘 알면서 왜 애들처럼 그러는지 몰라."

그녀의 말에 다섯 개의 입이 동시에 꾹, 닫혔다.

다시 무겁고 적막한 침묵이 동혈 안을 가득 채운다.

다섯 노인 모두의 가슴이 답답해졌다.

"저놈을 위해서라도 그건 꼭 찾아야 해."

당 노인이 불쑥 말했다. 나머지 네 명의 노인이 비로소 정신을 차리고 일제히 소리친다.

"그렇다. 다른 무엇보다도 저놈 자신을 위해서 그건 꼭 저놈이 찾아야 한다!"

"그래야 비로소 완전한 우리의 공동 전인이 되는 거고, 우리의 무공을 만천하에 다시 알리게 될 거다!"

당 노인이 다시 말했다.

"그리고 우리의 복수를 위해서이기도 하지. 저놈이 봉명도를 찾는 것만이 우리의 한을 푸는 길이 될 것이다."

백무향이 그들을 한심하다는 듯 흘겨보았다. 지독한 집념만은 인정해 주지 않을 수 없지만 역시 한심하기 짝이 없다.

"나갈 길은?"

"그건……."

"빌어먹을! 뜻이 있으면 길이 있다! 그건 진리야!"

"안 되면 되게 하라! 그 말도 진리다!"

다섯 노인이 자신들의 불안과 절망을 떨쳐 버리려는 듯 일제히 악을 썼다.

*　　　　*　　　　*

백무향의 동혈 밖에서 서성이고 있는 장팔봉의 마음은 착잡하기만 했다.

내공을 익힐 수 없는 몸이라는 말에 충격을 받기는 했지만 '그까짓 것' 하고 잊어버렸다. 그저 지금처럼 살아도 충분히 만족할 수 있고, 행복하다고 생각한 것이다.

하지만 이곳에서 나가야 한다고 생각하자 심란해졌다.

다섯 사부가 마음에 걸린 것이다.

그동안 놀리고 괴롭히기도 하면서 지내는 사이에 어느덧 정이 듬뿍 들어버렸던 것이다.

'제기랄, 다 같이 나가는 거야. 그러면 되지 않겠어?

내가 나갈 수 있으면 그들도 나갈 수 있다고 믿자 조금은 위안이 되었다.

다섯 마인들이 강호에 풀려나면 어떤 풍파가 일지, 어떤 경천동지할 사건이 벌어질지는 생각하지 않았다. 생각하기도 싫다.

'그래, 그러는 거야. 아예 이 지옥에 있는 없는 것들까지 죄다 끌고 나갈까? 그러면 재미있겠는데? 목이 마르다고 할 때마다 무당의 건녕자라나 뭐라나 하는 늙은 도사가 쪼르르 달려가서 물을 떠다 주지 않겠어?

그런 엉뚱한 생각마저 들어서 혼자 피식피식 웃는다.

그러던 중에 저쪽, 바위 위에 우두커니 서 있는 우문한이 눈에 띄었다. 여전히 동굴쥐 한 마리를 품에 안고서 아주 사랑스럽다는 듯 천천히 쓰다듬고 있다.

다가간 장팔봉이 그의 어깨를 두드렸다.

"여기 좀 앉자."

"……"

경계하는 우문한을 억지로 눌러 앉힌다.

"그냥 편하게 이야기나 좀 하자고. 누가 잡아먹기라도 한대? 긴장 풀어."

"후우—"

우문한이 뜨거운 한숨을 내뱉었다.

장팔봉의 무례함에 치가 떨리지만 제 성질대로 할 수가 없으니 미칠 것 같다.

"뭐 좀 물어보고 싶은 게 있어서 그래. 너는 나보다 이곳에 오래 있었으니 아는 것도 많을 것 아니냐?"

"뭘 알고 싶은 거요?"

"그냥 이것저것."

우문한은 멍하니 허공을 바라보는 장팔봉의 옆얼굴에서 쓸쓸함을 보았다. 의아해진다.

"이거요? 이건 그냥 애완동물일 뿐이오."

"하필이면 동굴쥐냐? 징그럽지도 않냐?"

"강아지도 없고 토끼도 없는 이 빌어먹을 곳에서 이만큼 귀여운 놈이 어디 또 있겠소?"

"하긴, 벌레 한 마리를 품고 다니는 것보다는 낫겠다. 배고플 때면 잡아먹을 수도 있고 말이야."

그 말에 우문한이 발끈해서 노려본다.

"애완동물이라니까!"

"알았다. 열내기는……."

눈을 흘긴 장팔봉이 입을 다무는가 싶더니 입맛을 다신다.

"그런데 그놈 참 통통하니 맛있게 생겼네. 아, 알았어, 알았어. 째려보지 마라, 무섭다. 젠장할."

우문한이 빠드득 이를 갈며 노려보지만 장팔봉은 엉뚱한 곳을 바라보고 있었다.

능청을 떨던 그가 다시 묻는다.

"그러니까, 이 지옥이 생긴 지가 벌써 오십 년이나 되었단 말이잖아?"

"그렇소."

"패천마련이 생기면서 이 빌어먹을 곳도 생긴 거로군?"

"이곳이 생기고 나서 패천마련이 생겼다고 하는 게 더 정확할 것이오."

"왜?"

"이런 곳이 있다는 걸 알아내고 이 위에 마련의 총단을 세웠으니까."

"네 나이가 지금 몇 살이냐?"

"서른넷이오."

"여기 온 지 얼마나 되었어?"

"사 년이올시다."

"너는 내가 병신, 얼간이, 바보 천치인 줄 아냐?"

"……?"

"서른네 살에, 사 년밖에 안 된 놈이 어떻게 오십 년 전의 일을 안다고 장담하는 거냐?"

"믿지 못할 것 같으면 왜 물어보셨소?"

"심심하잖아."

"……"

힐끔 장팔봉을 바라보는 사내, 우문한의 눈 깊은 곳에서 분노의 불길이 이글거렸다. 살기이기도 하다.

그것을 느꼈으련만 장팔봉은 무시하고 있었다.

그의 어찌할 수 없는 오만함이 그대로 우문한을 질리게 한다.

그들의 모습을 멀리서 누가 보았다면 다정한 친구들이라며 부러워할 만했다.

다리를 건들거리며 오순도순 이야기하고 있는 중인 것처럼 보이니 그렇다.

"그런데 너는 무슨 죄를 지었기에 이런 염병할 곳에 떨어진 거냐? 아무나 처넣는 곳이 아니잖아? 그렇다면 너도 저 밖에서는 한가락 하던 놈이었겠지?"

"……."

"대답하기 싫어? 씹는 거냐? 내가 무시해도 좋을 만큼 만만하게 보여서?"

"……."

우문한은 여전히 대꾸하지 않았다. 입술을 악문 채 이글거리는 눈으로 칙칙한 바닥만 노려보고 있었는데, 지독한 노여움의 눈빛이 바위를 뚫을 지경이었다.

그가 대꾸하지 않자 장팔봉이 눈을 부릅떴다.

그러더니 곧 친절하고 상냥한 미소를 지으며 팔을 뻗어 우문한의 어깨를 감싸고 속삭이듯 말했다.

"죽을래?"

우문한을 째려보는 장팔봉의 눈빛이 서늘해졌다.

그러나 얼굴에는 여전히 친절하고 다정한 기색이 철철 넘쳐난다.

"네까짓 놈이 감히 나를 무시하겠다 이거냐? 내가 던지는 말을 씹어?"

"……."

"좋아, 내 자존심을 건드려 보겠다 이거지?"

기어이 장팔봉의 입가에 화사한 미소가 번지기 시작했다. 한계점에 이른 것이다.

"휴, 좋소. 다 말해 드리리다."

우문한이 한숨을 쉬더니 비로소 입을 열었다.

제 어깨에 둘려 있는 손을 걷어낸 그가 참담해진 얼굴로 멍하니 장팔봉을 바라보았다.

'내가, 이 비천혈검 우문한이 이런 허접한 놈에게 이런 모욕을 당하다니? 그러고도 참아야 하는 건가?'

그런 회의와 자조와 분노에 치가 떨리지만 지금 제가 처해 있는 현실을 인정하고 받아들이지 않을 수 없다.

그게 우문한을 더욱 비참해지게 했다.

"무얼 물어보셨소?"

장팔봉의 얼굴에 비로소 만족한 웃음이 떠올랐다.

제까짓 놈이 그러면 그렇지, 하는 표정이다.

"여기 왜 왔어?"

"이곳에 들어온 자들은 저마다 피치 못할 사정이 있었던 거요. 그게 떳떳한 것이든 그렇지 못하든 이곳에 떨어진 이상 부끄럽기만 한 일이지. 그래서 누구도 그의 과거를 묻지 않소. 누가 장 공자에게 왜 이곳에 왔느냐, 과거에 뭘 했느냐 하고 물어본 사람이 있었소?"

"아니."

"그게 바로 이곳의 불문율이기 때문이오. 지금 현재 내가 이 지옥 속에 떨어져 있다는 것만 중요할 뿐 다른 아무것도 중요하지 않기 때문이올시다."

"하긴……."

그 말에는 장팔봉도 수긍했다.

만일 누가 꼬치꼬치 캐묻는다면 정말 골치 아플 것이다. 무림맹주를 만나기 위해 일부러 들어왔노라고 말해줄 수는 없지 않은가.

"좋아, 다른 걸 묻지. 넌 밖에서 뭘 하던 놈이냐?"

"흐흐흐—"

우문한이 낮은 웃음을 흘렸다.

찐득하고 서늘한 느낌을 가져다주는 그런 웃음이었다.

'이게 사람 여럿 잡아본 놈이로군.'

그의 음소 하나만으로도 장팔봉은 우문한이 어떤 놈인지 짐작할 수 있었다.

"밖에서는 나를 비천혈검이라고 불렀다오."

비천혈검(飛天血劍) 우문한(宇門寒).

그건 몇 년 전만 해도 강호를 떨게 했던 한 살인귀의 이름이었다. 대강 남북을 오가며 제멋대로 행동했는데, 누구도 그의 검에 제대로 맞선 자가 없었다.

냉혹하고 무정하며 무시무시한 손속으로 강호의 무법자처럼 거칠 것 없던 자가 사 년 전에 지워진 듯이 사라졌다.

강호의 모든 사람들은 처음에 궁금해했으나 점차 기쁜 웃음을 띠었다. 상종할 수 없는 골칫덩이 하나가 없어졌다는 사실때문이었다.

죽었다고 널리 알려졌던 그 우문한이 실은 지옥으로 불리는 패천마련의 지하 뇌옥 속에 떨어져 있었던 것이다.

이곳에서 염라화 백무향의 충복이 되어 있다.

"그런데 이런 빌어먹을 곳에는 왜 왔어?"

힐끔, 우문한이 잡아먹을 듯이 노려본다.

장팔봉이 제 이마를 두드렸다.

"아, 참. 물어보면 안 되는 거였지. 미안하다."

"……."

"그런데 왜 왔는데?"

"하아—"

상종하지 말아야 할 놈이라는 듯 우문한이 한숨을 내쉬고 일어섰다.

더 있다가는 제 성질을 이기지 못하고 무슨 발광을 떨지 스스로도 알 수 없었던 것이다.

"쳇, 시시한 놈 같으니."

동굴쥐를 쓰다듬으며 저쪽으로 어슬렁거리며 사라지는 우문한의 등을 노려보는 장팔봉의 눈이 여태까지와는 다르게 번쩍였다. 매섭다.

"알 만해. 너도 무언가 흑심을 감추고 있는 놈이라는 걸 말이야. 흐흥, 뭔가 속셈이 있는 놈이 나 하나만은 아니었군."

천천히 멀어지고 있는 우문한의 뒷모습을 바라보는 그의 눈이 묘하게 반짝였다.

第三章

허무의 땅에서 무림맹주를 만나다

鳳鳴刀
봉명도

허무의 땅에서 무림맹주를 만나다

"꼭 만나봐야겠어?"

백무향의 눈길이 서늘해졌다.

장팔봉은 되도록 그녀와 눈을 마주치지 않으려고 했다.

또 그 야릇한 환상에 시달리게 될까 봐 무서운 것이다.

"왜 나를 똑바로 보지 않는 게냐?"

"그게, 저기……."

"호호호, 내가 무서운가 보지?"

'제기랄, 제발 당신 나이를 좀 생각하고 살란 말이오. 호호호라니? 얼굴이 삼십대라고 나이도 그런 줄 아는 모양인데, 그게 더 끔찍하단 말이오.'

제 나이에 걸맞은 얼굴이 있다. 그걸 가지고 있어야 정상인데, 그렇지 않으면 징그러워지는 법이다.

백무향의 나이를 몰랐다면, 그래서 그녀가 삼십대 중반의 요염한 여인이라고 믿었다면 볼 때마다 환장할 만큼 좋았을 것이다.

하지만 이제는 그럴 수 없으니 그게 짜증나는 일이기도 했다.

'염병, 역시 아는 게 병이야. 모르고 사는 게 좋을 때가 훨씬 더 많은 거다.'

"봉명도를 찾을 수 있을 것 같으냐?"

"예?"

"그 소문이 강호에 떠돈 게 벌써 백 년도 넘을 거다. 그동안 오죽 많은 사람들이 찾았겠어? 하지만 아직도 소문만 떠돌고 있을 뿐이지. 너라고 다를 것 같으냐?"

"태산이 높다 하되 하늘 아래 뫼이로다. 이런 말도 있잖습니까. 찾고 또 찾으면 뭐, 언젠가는 찾게 되겠지요."

"에휴— 너의 의지가 가상하다고 해야 할지, 멍청하기 짝이 없다고 해야 할지 헷갈린다."

"그냥 무림맹주만 만나게 해주십쇼. 나머지는 내가 알아서 할 테니까."

백무향이 눈도 깜빡이지 않고 장팔봉을 바라본다.

얼마나 그랬을까, 그녀의 얼굴에 배시시 웃음이 번졌다.

"너, 나갈 방법을 찾은 거지?"

"그건 아니고……."

"흥, 귀신은 속여도 나는 못 속인다. 찾았지?"

"……."

"이게 아주 능구렁이 같은 놈이로군."

"도와주십쇼."

장팔봉이 체면 불구하고 그녀의 발아래 넙죽 엎드렸다.

뽀얗게 드러나 있는 종아리를 더듬듯 눈으로 훑는다. 더 위로, 더 위로…….

'제기랄.'

아차, 싶은 마음이 들어 급히 고개를 숙이는데 머리 위에서 백무향의 쌀쌀맞은 말이 들려왔다.

"그만한 대가를 치를 준비는 되어 있는 거냐?"

"대가라니요?"

"전에 말했잖아, 네 몸뚱이를 내놓으라고."

"예?"

"줄 거야, 말 거야?"

'제기랄. 이 요녀가 지독한 색골이요, 색녀라는 걸 한시도 잊으면 안 되지. 하지만 달리 방법도 없구나. 에휴―'

머릿속에서 다시 야릇한 상상이 꿈틀거린다.

불끈거리는 아랫도리의 욕망을 진땀을 흘리며 꾹꾹 억누른 장팔봉이 물었다.

"대체 제 몸뚱이를 어떤 용도로, 어디에 쓰려고 그러시는 겁니까?"

"알 것 없어. 너는 그냥 대답만 하면 된다."

"드리지요."

"그래?"

"단!"

"단?"

"내가 드리고 싶을 때 드리는 겁니다. 억지로는 안 된다는 말이지요. 그 조건을 수락한다면 기꺼이 드리겠습니다."

"억지로는 못 주겠단 말이지?"

"자존심이 있으니까요."

"흐흥, 너 이 녀석. 너는 대체 어떤 생각을 하고 있는 거냐?"

'당연한 것 아니냐, 이 요녀 할망구야.'

비웃는 것도 같고, 아닌 것도 같은 야릇한 눈길로 장팔봉을 한동안 쏘아보던 백무향이 천천히 머리를 끄덕였다.

"좋다. 그렇게 하자꾸나."

'흥, 제까짓 녀석이 아무리 주지 않겠다고 버텨도 내 수단을 이길 수 있겠어? 정 안 되면 무지막지한 고문을 해서라도 내 마음대로 하는 거지. 그러니까 결국 아무 때나 내가 원하면 가질 수 있는 거야.'

백무향이 그런 생각을 하고 있을 때 장팔봉의 생각은 또 달랐다.

'흐흐, 한 입으로 두말하지는 않겠지. 내가 미쳤냐? 멀쩡한 몸뚱이를 너 같은 요녀의 노리개로 던져 주게? 죽을 때가 되면 유언을 남겨주지. 마음대로 가지라고 말이야. 호흐흐, 그전에 는 절대로, 절대로 못 준다. 흥.'

혼자의 생각에 도취해서 비실비실 웃는다.

'하지만 나는 젊고 저는 늙었는데 제가 나보다 더 오래 살기야 하겠어? 먼저 죽을 게 뻔하니 그때는 기다리지 못한 제 잘못이지, 내가 약속을 어긴 건 아니다. 커흠.'

*　　　　*　　　　*

"저기다."

백무향이 가리키는 곳에 시커먼 동혈 하나가 아가리를 딱 벌리고 있었다.

그녀가 들고 있는 횃불 빛을 받아서 동굴 전체가 은은한 붉은빛을 띠고 반짝였는데, 전체를 홍보석으로 도배해 놓은 것처럼 아름답고 황홀하기 짝이 없었다.

"뭐 해? 가서 만나보지 않고?"

"여기서 기다릴 거죠?"

"왜? 내가 슬쩍 가버릴까 봐?"

"뭐, 대충 그런 거죠."

그녀가 대체 어디로 어떻게 찾아온 건지 도무지 기억할 수가 없었던 것이다.

어지럽게 뚫리고 얽힌 동굴 속의 통로는 마치 미로 같았다. 한번 잘못 들어서면 영영 나오지 못하고 그 안에서 죽을 수밖에 없다.

그런 요상한 길을 백무향은 요리조리 잘 찾아왔다. 여러 번

와본 게 틀림없다는 의심이 든다.

'이 요녀가 왜? 혹시 나처럼 봉명도의 위치를 알아내려고? 그래서 무림맹주를 유혹한 건 아닐까?'

어쩌면 그녀가 맹주를 이 기괴한 곳에 감추어놓은 건지도 모른다는 생각이 들었다.

아무도 찾아올 수 없는 곳에 처박아놓고 저 혼자서만 즐기고 있었던 건지도 모른다.

그렇다면 요상한 사술로 맹주의 정신 줄을 놓게 하고 제 마음대로 즐기면서 양기를 쪽쪽 빨아들였으리라. 그 덕분에 저는 더 젊고 탱탱해진 게 틀림없다. 그 대가로 적무광은…….

무림맹주 또한 그녀가 없으면 한 발짝도 이곳에서 나갈 수 없으니 어쩔 수 없이 그녀가 하라는 대로 했을 것이다.

그런 추측을 하자 장팔봉은 해실해실 웃고 있는 백무향의 요염한 모습이 징그럽고 무섭기 짝이 없었다. 끔찍해서 닭살이 돋는다.

'혹시 그 멍청한 맹주가 이미 이 요녀에게 비밀을 죄다 털어놓은 건 아닐까?'

그런 의심이 더럭 들어서 마음이 급해졌다.

"정말 여기서 기다리는 거죠?"

"호호호, 걱정 마라. 내가 일을 마치고 나올 때까지 꼼짝하지 않고 기다릴 테니까. 어서 볼일 보고 와."

다정하고 끔찍하게 미소 지으며 장팔봉의 볼을 살짝 꼬집는다.

사랑스러워 못살겠다는 듯했다. 그래서 장팔봉은 뒤도 돌아
보지 않고 후다닥 뛰어갔다.

"호호호호—"

＊   ＊   ＊

거령신마(巨靈神魔) 무극전(武極全).

패천마련의 련주이면서, 무림의 일통이라는 위대한 과업의
달성을 목전에 두고 있는 절대자.

그의 품에 한 마리의 시커먼 동굴쥐가 안겨 있었다. 사랑스
럽게 쓰다듬는 그의 입가에 희미한 미소가 떠올라 있다.

단 아래에는 하관이 빠진 음침한 인상의 노인이 공손히 서
있었다.

마밀천의 천주인 은형비월(隱形飛月) 맹달(孟達)이다.

그가 마종으로부터 받아 읽어본 쪽지를 두 손으로 받들어
올렸다.

거령신마가 슬쩍 손을 내밀자 쪽지가 살아 있는 것처럼 둥
실 떠올라 천천히 허공을 날았다.

잘 길들여진 비둘기인 것처럼 거령신마의 손바닥 위에 내려
앉는다. 그리고 그 즉시 화르르 타올라 재가 되어 흩어졌다.

"과연 음흉한 속셈을 감추고 있는 놈이었습니다."

맹달이 공손하게 말했다. 거령신마는 여전히 동굴쥐를 쓰다
듬을 뿐 말이 없다.

"그놈이 정말 봉명도의 위치를 알아낼까요? 또, 어떻게 그 곳에서 빠져나올까요?"

거령신마의 담담하게 가라앉아 있는 눈이 맹달을 바라보았다. 한마디 말도 하지 않았지만 맹달은 그 눈빛 속에서 절대마종의 마음을 충분히 읽을 수 있었다.

"잘 알겠습니다. 그저 돌아가는 상황을 지켜볼 뿐, 간섭하지 않겠습니다. 하온데……."

무엇이 마음에 걸리는 듯 머뭇거리던 맹달이 거령신마의 눈치를 보며 조심스럽게 말했다.

"그놈이 뜻하지 않게 그곳에서 기연을 얻고 다섯 마존의 절기를 물려받았다니, 그게 마음에 걸립니다만……."

거령신마는 대꾸하지 않았다. 품 안에서 찍찍거리는 동굴쥐를 놀리는 데 정신이 팔려 있는 것 같다.

맹달이 더욱 조심스럽게 말했다.

"그것을 얻기 위해 내려간 사람은 고작 하인 노릇이나 하고 있으니 답답한 노릇입니다."

거령신마가 비로소 입을 열었다.

"인연이란 억지로 맺으려고 해서 맺어지는 게 아니지."

"그럼 종사의 뜻은……."

"내버려 둬라."

"존명."

맹달이 조심스럽게 물러나자 홀로 남게 된 거령신마가 동굴쥐를 들어 올렸다. 그놈의 새까만 눈을 마주 보며 중얼거린다.

"그 아이도 그걸 알았을 테니 제 스스로의 길을 개척해 나아 가겠지. 오히려 잘된 일인지도 몰라."

지필묵을 당겨 작은 종이쪽에 몇 자를 써 넣은 거령신마가 그것을 돌돌 말아 동굴쥐의 배에 붙어 있는 대롱에 넣었다.

"너는 그만 네 주인에게로 돌아가라."

높이 던져 올리자 동굴쥐가 허공에서 한 바퀴 재주를 넘고 가볍게 들보 위에 내려앉더니 이내 찍찍거리며 어둠 속으로 재빨리 사라진다.

*   *   *

"이게 뭐야?"

장팔봉이 버럭 소리쳤다.

찢어질 듯 눈을 부릅뜨고 노려보는 곳에 한 사람이 있었다.

아니, 사람이라기보다는 목내이(木乃伊:미라)라고 해야 할 것이다.

침상처럼 매끈한 바위 위에 반듯이 누워 있는데, 벌거벗었다.

일견 죽은 것 같았지만 아주 느리게 가슴이 오르내리고 있었다. 겨우 숨은 쉬고 있는 것이다.

껍질만 남은 것처럼 앙상하게 마른 몸뚱이가 처참했다. 용모가 어떻게 생겼는지 알아볼 수조차 없다.

'이 사람이 정말 무림맹주 맞는 건가?'

그런 의문이 드는 건 너무 어이가 없고 믿어지지 않아서였다.

'듣기로 무림맹주의 풍채는 그야말로 신선 찜쪄먹을 만큼 멋지게 생겼다던데 이건 당최, 쩝…….'

넋을 잃고 멍하니 바라보기를 얼마나 했을까.

'여기까지 왔으니 물어보기는 해야 할 것 아니겠어?'

정신을 차린 장팔봉이 다가갔다. 고약한 냄새가 코를 찌른다.

"이보쇼, 이보쇼. 살았소? 죽었소?"

몇 번 흔들자 괴인이 힘겹게 눈을 떴다. 멍하니 바라본다.

"당신이 무림맹주라는 그 사람이오? 절대무제 적무광이오?"

"절대무제…….."

괴인이 들릴 듯 말 듯 웅얼거리더니 천천히 고개를 돌렸다. 그것마저 안간힘을 다하는 것처럼 보인다.

그가 한참 만에야 겨우 장팔봉과 눈을 맞추었다. 생기라고는 한 올도 느껴지지 않는 칙칙한 눈이다. 죽은 자의 그것이라고 해도 과하지 않으리라.

"절대무제…….."

괴인이 다시 웅얼거렸다. 시커멓게 변해 버린 얼굴에 자조의 그늘이 드리운다.

"맞는 모양이군, 젠장할."

장팔봉이 잔뜩 인상을 썼다. 이런 꼴을 보고 누가 그를 무림맹주라고 할 것이며, 천하제일의 고수로 꼽혔던 사람이라고 할 것인가.

"뭐, 상관없지."

한 가닥 연민도 동정심도 싹 밟아버렸다. 어차피 이 꼴로는 오래 살 것 같지도 않을뿐더러, 평소에 쥐꼬리만 한 안면도 없었으니 특별한 감정이 생길 수가 없는 것이다.

제가 챙겨야 할 것만 챙기면 그만이라는 마음이 된 장팔봉이 거두절미하고 냉정하게 말했다.

"봉명도가 어디 있소?"

괴인의 눈이 너는 누구냐고 묻는다. 킁, 하고 콧방귀를 뀐 장팔봉이 남의 말 하듯 건성으로 말했다.

"나는 장팔봉이오. 무림맹에서 특명을 띠고 왔소다."

"무림맹……."

"사자성, 사 맹주가 그럽디다. 당신이 봉명도가 어디 있는지 알고 있다고. 그걸 알아서 돌아가는 게 내 임무요. 어디 있소?"

괴인의 퀭한 눈 깊은 곳에 불신이 실렸다. 장팔봉이 즉각 그걸 알아채고 다시 킁, 하고 콧방귀를 뀌었다.

"뭐, 믿든 믿지 않든 상관없지 않소? 당신은 곧 죽을 텐데 그전에 봉명도가 어디에 있는지 말해준다고 해서 더 나빠질 것도 없지."

"그렇지……."

한동안 물끄러미 장팔봉을 바라보던 괴인이 말라 버린 입술을 비틀며 클클거리고 웃었다.

"네가 누구이든, 무림맹에서 왔든 아니든 상관없지."

"그러니까 죽기 전에 털어놓으라니까."

"이리 가까이……."

잠시 망설이던 장팔봉이 바싹 다가가 귀를 내밀었다.

"이제는 나도 지쳤어. 더 견딜 수가 없구나. 하지만 이대로 죽기에는 너무 억울하지."

"누구에게나 한은 있는 거요. 당신도 보아하니 꽤나 한이 깊은 모양이군. 하긴, 무림맹주가 되어서 떵떵거리던 사람이 요 모양 요 꼴이 되었으니… 쯧쯧……."

한때 그는 장팔봉으로서는 감히 쳐다보지도 못할 사람이었다. 하지만 그는 지금 이렇게 초라하고 괴이한 모습으로 죽어가고 있는 중이고, 자신은 팔팔하게 살아서 그의 유언을 듣고 있으니 참 세상이 무상하다는 감상이 들지 않을 수 없다.

그가 만약 자신이 장차 이런 처지가 될 걸 알았다면 무림맹주가 아니라 그보다 더한 부귀와 공명이 있다고 해도 죄다 헌신짝처럼 내버리고 어디론가 멀리멀리 달아났을 것이다.

그런 저만의 추측과 생각에 빠져 감상적이 된 장팔봉이 '제기랄' 하고 땅을 굴렀다.

생각할수록 절대무제 적무광의 처지가 불쌍하고 한심했던 것이다.

그가 과연 부귀와 공명과 명예심에 사로잡혀 눈이 멀었던 사람인지 아닌지는 모른다.

그가 소명 의식을 지닌 채 떳떳하고 자랑스럽게 살아온 사람인지 아닌지도 모른다.

하지만 한 가지 확실히 알 수 있는 건, 지금 이렇게 추하고 가여운 몰골이 되어 죽어가고 있다는 것이었다.

죽음 앞에서 부귀공명이 무슨 소용이 있으며 선악이 무슨 상관이 있을 것인가, 하는 생각이 들자 허망해지는 느낌을 이길 수 없었다.

죽음만이 모든 것의 승리자라면 이 지옥 속에서 아등바등하며 산다는 것 자체가 무의미해지지 않는가.

장팔봉이 허탈해져 있는데 괴인이 말라비틀어진 손을 힘겹게 움직였다.

장팔봉의 팔목을 꽉 움켜쥔다.

그 손아귀 힘이 의외로 강한 것이어서 장팔봉은 흠칫 놀랐다.

이승에 남겨두는 적무광의 마지막 한이면서 집념이기 때문일 것이라고 이해한다.

괴인이 안간힘을 쓰면서 말했다.

"네가 누구이든 그건 상관없다. 나에게 한 가지 약속만 해준다면 그 사람에게 비밀을 가르쳐 주겠다고 작정했느니라. 그런데 공교롭게도 네가 찾아왔군."

"무슨 미련이 그렇게 많소? 곧 명줄 끊어질 사람이 말이야. 그냥 훌훌 털어버리고 홀가분하게 죽으면 좋잖아?"

"흐흐흐, 내가 이런 꼴이 되어서 이렇게 죽는다니, 너 같으면 원통하지 않겠느냐?"

"하긴……."

"먼저 약속을 해라."

"그럽시다."

"하늘과 땅을 두고, 아니, 네 자존심을 두고 맹세해라."

"자존심……."

하늘과 땅 따위는 두렵지 않다. 그것들과 나는 아무 상관도 없다고 생각하는 게 평소의 신념이었으니까.

하지만 자존심만은 그렇지 않았다.

'제기랄, 이 영감탱이가 나의 약점을 알아챘군.'

죽음을 코앞에 둔 적무광의 마지막 본능이었을 것이다. 그것이 가르쳐 준 것이리라. 장팔봉을 움직일 수 있는 유일한 수단이 그의 자존심이라는 걸.

사부는 늘 말하지 않았던가.

"이놈아, 자존심이야말로 사람이 사람다운 존엄을 지키는 최후의 보루인 거다. 그걸 버리면 그냥 짐승이 되는 거야. 칼질을 아무리 잘하고, 공력이 아무리 높아도 짐승보다는 사람이 더 고귀하니라. 명심해라."

목숨은 버려도 자존심만은 버릴 수 없다는 게 사부의 생각이었고 장팔봉의 신념이었다.

그런데 괴인이 그걸 들추어내니 망설이지 않을 수 없다.

목숨을 걸고 약속을 했는데 지키지 못할 것 같으면 까짓 죽어주면 그만이다. 하지만 자존심을 걸고 약속을 하면 그렇게 할 수 없다는 게 문제였다.

반드시 지켜야 할 텐데, 그가 무엇을 요구할지 알 수 없으니 불안했다.

"약속하겠느냐? 네 자존심을 걸고 말이다."

괴인, 적무광이 재촉했다. 죽음이 다가왔다는 걸 스스로 아는 것이다.

'해? 말아?'

장팔봉은 빨리 결정해야 한다는 걸 느꼈다. 그럴수록 갈등이 더 커진다.

"제기랄!"

다시 한 번 땅을 구른 그가 버럭 소리쳤다.

"해! 해! 합시다! 한다고! 빌어먹을!"

"흐흐흐, 잊지 마라. 너는 네 자존심을 걸고 맹세했다는 걸."

"알았소. 맹세했으니까 어서 요구 조건이나 말해주시오."

"염라화 백무향을 죽여라."

"응? 뭐라고?"

"흐흐흐, 나를 이 꼴로 만든 그 요망한 계집에게 지독하고 끔찍한 죽음으로 내 복수를 해주는 거야."

"······?"

이건 의외의 조건이다.

빌어먹을 패천마련의 대마종인 거령신마 무극전을 죽이라

거나, 패천마련을 박살 내서 가루로 만들어 버리라는 조건이라면 충분히 수긍할 수 있었다.

그런데 고작 염라화 백무향이라니……

무림맹주의 그릇이 고작 그것밖에 안 되었던가? 하는 생각에 당황스럽다.

그녀를 죽이면 다섯 사부들과도 원수지간이 될 것 아닌가. 사문의 존장을 시해하는 패륜 행위가 되기도 한다.

세상 사람들이 모두 '저런 나쁜 놈!' 하며 욕을 하고 손가락질을 할 것이다.

끙끙거리던 장팔봉이 애원하듯 말했다.

"다른 조건은 없소? 다른 거라면 내 두 가지, 아니, 세 가지라도 들어드리리다."

"없다."

단호하다. 더 이상의 타협의 여지가 없다.

장팔봉은 다시 한 번 망설이지 않을 수 없었다.

'제기랄.'

지옥에 떨어지자마자 만나게 된 다섯 노사부들이 문제였다. 그들과 얽힌 탓에 일이 이렇게 꼬여 버렸다.

하지만 그들을 원망할 수도, 그럴 형편도 아니지 않은가.

괴인의 손아귀에서 점점 힘이 빠져나가고 있었다. 죽을 때가 나가온 것이다.

마음이 조급해진 장팔봉이 마지막으로 붙었다.

"어떻게 죽이라는 거요? 내가 그 요망한 할망구를 어떻게 죽여주기를 바라는 거요?"

"나처럼… 내가 당한 것처럼……."

"응? 뭐라고? 안 들리지 않소. 좀 더 크게 말해주시오."

괴인이 다시 뭐라고 말했지만 이번에는 정말 들리지 않았다. 장팔봉이 그의 입가에서 몸을 물려 멀찍이 떨어졌으니 더욱 그렇다.

그래서 그가 괴인의 중얼거림은 무시한 채 큰 소리로 말했다.

"그러니까, 그녀가 죽기만 하면 되는 거잖소? 그렇지?"

괴인이 보일 듯 말 듯 머리를 끄덕였다. 그로서는 장팔봉이 제 말을 알아들었다고 믿은 것이다.

"좋소, 약속하지."

'꼭 내 손으로 죽일 필요가 없지. 놔두면 절로 늙어 죽을 텐데, 숨이 넘어가기 직전에 손만 가볍게 대주면 되잖겠어? 차려진 밥상에 숟가락 한 개 올려놓는 셈이니 다섯 사부들도 뭐라고 하지 못할 거다. 아니, 그전에 다섯 사부들이 먼저 죽게 될 테니 뭐 걱정할 것도 없군.'

그런 생각으로 회심의 미소를 지은 장팔봉이 제 가슴을 퉁퉁 두드렸다.

그렇게 하기 위해서는 백무향이 죽을 때까지 그녀의 곁을 떠나지 말아야 하는 건 물론, 그녀가 언제 죽을지 모르니 한시도 눈을 떼서도 안 된다는 건 생각하지도 못했고, 그럴 새도 없었다.

"내 자존심을 걸고 분명히 약속했소. 자, 그러니 이제 비밀을 가르쳐 주시오. 대체 그 빌어먹을 봉명도는 어디 있소?"

급히 소리친 장팔봉이 다시 몸을 기울여 제 귀를 괴인의 입에 바짝 가져다 댔다.

"……"

괴인의 입술이 달싹거린다. 온 신경을 곤두세우고 듣고 있던 장팔봉이 머리를 끄덕였다.

"음, 그렇군. 바로 거기였군. 빌어먹을, 제기랄, 그런 데 있었으니 누가 그걸 알겠어?"

"반드시… 반드시 나와 한 약속을… 지켜라."

마지막 말이다.

일세를 풍미했던 거인.

천하제일고수로 불렸고, 스스로도 그렇게 믿어 의심치 않았던 절대자.

그래서 세상으로부터 절대무제라는 영광된 칭호를 받았던 사람.

그 적무광의 눈이 허공에 멎었다. 죽는 순간까지도 눈을 감지 못한 것이다.

초라하고 비참한 마지막이었다.

물끄러미 적무광의 최후를 지켜본 장팔봉은 마음이 착잡했다.

"무림맹주가 되면 뭐 하고, 천하를 통일한 패자가 되면 뭐하겠어? 결국 누구나 이 꼴을 면치 못하는데 말이야. 봉명도?

그까짓 걸 가졌으면 뭐 하고 못 가졌으면 또 어때?'

장팔봉은 저도 모르게 그런 허무한 감상에 빠졌다.

적무광의 초라하고 덧없는 죽음 앞에서 '삶이란 과연 무엇인가?' 하는 생각을 하게 된다.

살아가는 동안 아무리 아등바등한들 죽은 다음에는 모든 게 소용없는 짓이 되지 않는가.

살아가는 동안 아무리 사랑하고 미워하며 기뻐하고 슬퍼한들 죽은 다음에는 무엇이 남을 것인가.

그런 생각에 한번 빠져들자 걷잡을 수 없었다.

'그렇다면 왜 살지? 이 빌어먹을 지옥 속에서도 저렇게 악착같이 살아남기 원하는 사람들은 대체 무슨 생각으로 그러는 거지? 다들 바보 아냐?'

다섯 노사부와 수많은 '없는 자들'을 떠올리자 한심하게만 여겨졌다.

이런 곳에서도 사는 게 최고의 덕목인 양 집착하고 매달리는 그들이 가여워진다.

바깥세상이라고 다르지 않을 거라는 데에까지 생각이 미쳤다.

'대체 사람들은 무엇 때문에 그렇게 악착같이 살려고 하는 걸까? 나는 대체 무엇 때문에 이곳에 와 있는 걸까? 나는 왜 살고 있는 걸까?'

생전 해보지 않았던 그런 생각과 의문이 자꾸만 밀려들어 더욱 허탈해졌다.

"부디 내세에는 차라리 한 마리의 개로 태어나더라도 사람으로는 태어나지 마시구려. 그래도 미련이 남아서 사람으로 다시 태어나야겠으면 왜 죽는지, 왜 사는지도 모르고 그냥 살다가 죽는 바보 천치로 태어나시오. 그러면 조금은 행복할 수 있을지도 모르지. 젠장할."

장팔봉이 괴인의 얼굴을 쓸어 부릅뜨고 있는 눈을 감겨주며 그렇게 중얼거렸다.

어쩌면 생각 복잡한 사람으로 태어나 살아간다는 게 축복이 아니라 저주인 건지도 모른다는 생각마저 들었다.

다시 한 번 괴인의 초라하고 비참한 주검을 바라본 장팔봉이 미련을 떨쳐 버리고 돌아섰다.

"제기랄, 그래도 산 놈이야 어떻게든 죽는 날까지는 부대끼며 살아봐야 하는 것 아니겠어? 그렇다고 여기서 내 손으로 내 명줄을 끊을 수는 없잖아?"

*   *   *

"알아냈구나?"

통로 끝에서 장팔봉을 기다리고 있던 백무향이 기쁜 듯 말했다.

"갑시다."

장팔봉은 무뚝뚝했다. 앞서서 왔던 길을 더듬어 뚜벅뚜벅 걸어간다.

그런 장팔봉의 뒷모습을 보던 백무향이 머리를 갸웃거렸다.

"어디요?"

갈림길에 이르자 멈추어 서서 퉁명스럽게 묻는 장팔봉에게는 이제 더 이상 백무향에 대한 두려움이 없는 것 같았다.

'이놈이 미쳤나?'

그녀는 그런 생각이 들지 않을 수 없다. 적무광을 만나러 갈 때와, 만나고 나왔을 때의 모습이 이렇게 달라졌으니 어리둥절하기만 하다.

"응, 왼쪽."

조금 더 두고 보자는 마음으로 그녀가 순순히 길을 가르쳐주었다. 장팔봉은 고맙다는 말도 하지 않았고, 돌아보지도 않았다. 뚜벅뚜벅 걸어간다.

그리고 다시 갈림길이 나왔다.

"어디요?"

"오른쪽."

다시 걸었고, 또 갈림길이다.

"어디요?"

"이놈이 정말!"

짝!

그녀의 움직임이 느껴지지도 않았는데 장팔봉의 뺨에서 요란한 소리가 났다.

눈앞에 별이 하나 가득 오락가락한다.

하지만 장팔봉은 아무것도 모르는 사람 같았다. 뺨을 어루

만지며 힐끗 백무향을 쳐다봤을 뿐 아무런 반응이 없다.

"어디냐니까?"

"왼쪽."

걸어간다. 뒤돌아보지도 않는다. 그 뒷모습이 완고하면서 허허롭다. 그래서 백무향은 다시 머리를 갸웃거렸다.

'저놈이 대체 왜 저러지? 죽은 놈의 귀신이라도 씌었나 보다.'

그렇게 생각하지만 백무향의 가슴속에서는 서서히 노여움의 불길이 타오르기 시작하고 있었다.

제 앞에서 저렇게 뻣뻣한 자는 여태까지 보지 못했다. 지옥의 지배자인 다섯 노괴물들조차 언제나 한 걸음 양보하지 않았던가. 조금이라도 더 자신의 관심을 받고, 사랑을 받기 위해 갖은 아첨을 떨어댔다.

다른 '없는 놈들' 이야 말할 것도 없다. 자신의 눈짓 하나에도 죽고 살 듯이 쩔쩔매는 놈들일 뿐이지 않던가.

장팔봉 저놈도 그랬다.

적무광을 숨겨놓은 동혈에 오기 전까지만 해도 고양이 앞의 쥐처럼 어쩔 줄 모르고 눈치를 보던 놈이었다.

그런데 백팔십도 달라졌다. 전혀 다른 사람이 되어서 나온 것 같지 않은가. 마치 저를 마누라 대하듯 한다는 생각이 들었다.

그런 장팔봉의 뒷모습을 보면서 백무향은 기가 막히고 어이가 없다 못해 피식피식 웃음이 나왔다.

'여기서 그냥 패 죽여 버릴까?'

그런 충동이 일었다.

죽여 버리고 나서 야금야금 그 살을 뜯어먹고 피를 쪽쪽 빨아먹는다면 무지막지한 공력을 저절로 얻게 될 것이다.

물론 장팔봉이 내공을 대성한 다음에 채양보음의 수법으로 기혈을 빨아들이는 것과 비교할 수 없는 일이지만 그래도 효과는 그 어떤 영약을 섭취하는 것 못지않게 클 것이다.

그러니 그야말로 영약 덩어리가 저렇게 걸어다니고 있는 셈인데, 여태까지 잘 참았다는 생각도 들었다.

'더 참을 필요가 있을까?'

살의가 솟구친다.

십여 걸음 앞의 장팔봉을 노려보면서 그녀가 천천히 손을 들어 올렸다.

다섯 손가락 끝에 맑은 옥빛 광채가 어리더니 이내 손 전체가 투명하게 변했다.

세상을 경악하게 했고, 그녀를 공포의 마녀로 존재하게 해주었던 빙옥지(氷玉指)를 운기한 것이다.

'아니지, 이걸로는 한 방에 보내기 부족할지도 몰라.'

장팔봉이 다섯 노괴물의 절기를 한 몸에 지녔다는 걸 생각하고 수법을 바꾼다.

다섯 손가락을 반쯤 움켜쥐고 운기하자 손바닥 중앙에 천천히 맑은 옥구슬 같은 것이 생기기 시작했다.

빙옥마장(氷玉魔掌)을 쳐내려는 것이다.

그녀의 내가기공이 손바닥에서 푸른 빛을 발하는 구체로 뭉쳤으니, 그것은 염라화 백무향이 지닌 모든 힘의 집약이고 결정체였다.

그것 앞에서는 금강불괴라고 해도 소용없고, 그 어떤 호신강기도 종잇장을 쳐놓은 거나 다름없게 된다.

극음의 정화이고, 그래서 극강한 위력을 지닌 그녀만의 마공절학인 빙옥마장.

그것을 쳐내려던 백무향이 멈칫했다.

'아니지, 그러면 여태까지 들인 공이 수포로 돌아가잖아? 그건 너무 아까운 일이야.'

"어디요?"

"응, 그냥 똑바로 가면 돼. 거의 다 왔어."

장팔봉의 물음에 그녀가 얼른 마장을 감추고 화사하게 웃으며 잰걸음으로 다가와 어깨를 나란히 하고 섰다.

저보다 한 뼘쯤 큰 장팔봉을 올려다보며 배시시 웃는데, 교태가 뚝뚝 떨어졌다. 그 큰 눈이 맑고 투명하게 빛난다.

그것을 물끄러미 내려다보는 장팔봉의 눈길은 무심하기만 했다. 허무와 공허가 가득할 뿐이다.

'어라?'

그래서 백무향은 내심 적잖게 당황했다.

언제나 롱하던 자신의 흰희마령(歡喜魔靈)이 먹혀들지 않았기 때문이다.

눈짓 한 번에 넋이 나가서 환각에 빠져 허우적대야 정상이다. 그러면 제가 원하는 모든 걸 빼앗아올 수 있었는데, 그게 통하지 않았다.

여태까지는 없던 일이라 더욱 당황스럽다.

'이놈이 설마 적무광에게서 무언가 어마어마한 걸 배워가지고 나왔나? 하지만 어떻게? 불과 향 한 자루 탈 만큼의 짧은 시간에 불과했는데?'

그런 의심과 회의가 그녀를 어지럽게 했다.

그녀는 지금 장팔봉의 정신과 영혼을 지배하고 있는 게 커다란 허무이고 공허라는 걸 알지 못하는 것이다.

그것은 깊은 늪과 같고, 진공의 어둠과 같아서 무엇이든 빨아들여 소멸시켜 버린다.

백무향의 환회마령이 아무리 극사한 심령술이라고 해도 지금 장팔봉이 가지고 있는 허무와 공허의 늪을 통과할 수는 없었던 것이다.

상대의 마음이 동해야 심령술이 먹히는 건데, 장팔봉의 마음은 텅 비어 있으니 동할 리가 없었다. 그러니 심령술이 먹혀들 리도 없다.

"쓸데없는 장난은 그만두고 앞장서시오."

"웅, 그러지 뭐."

얼이 빠진 백무향은 제가 뭐라고 대꾸했는지도 몰랐다. 홀린 듯이 장팔봉의 말을 따른다.

第四章
다섯 사부의 한(恨)

鳳鳴刀
봉명도

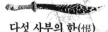

다섯 사부의 한(恨)

다섯 노인의 이글거리는 눈앞에서 장팔봉은 잔뜩 슬픈 얼굴을 하고 있었다.

무거운 침묵의 시간이 얼마나 지났을까.

"가라."

당 노인, 절세신마 당백련이 낮고 단호한 음성으로 그렇게 말했다.

"응? 가라고?"

곽, 양 두 노인이 믿을 수 없다는 듯 두리번거린다.

공가와 염가 노인은 무시무시한 얼굴로 장팔봉을 노려보고 있을 뿐 여전히 말이 없었다.

장팔봉의 얼굴에 어둠이 짙어졌다.

"함께… 가요."

기어들어 가는 음성. 그것도 울먹이듯 하는 음성으로 겨우 말하더니 당 노인의 손을 덥석 잡았다.

"예? 그냥 다 같이 가면 좋잖아요? 이 빌어먹을 곳에 무슨 정이 있다고 고집이세요. 예? 그냥 가요."

떼쓰듯 한다.

언제나, 어떤 상황에서나 지독하고 악착같으며 겁이 없는 장팔봉이었지만 저를 어린애 취급하는 다섯 노인들 앞에서는 정말 어린애가 된 것처럼 굴었다.

나이 팔십을 넘긴 노사부 앞에서는 그게 편하고 좋다는 걸 몸으로 느낀 다음부터 스스로 그렇게 되기로 작정했던 것이다.

이곳에 떨어진 지 석 달.

그들과 함께한 시간이 길다고 할 수는 없었다.

하지만 외부로부터 철저히 폐쇄되고 버려진 공간 속에서 부대끼며 살아오지 않았던가.

그 석 달은 밖에서의 삼십 년 못지않게 자극적이고 길었다.

그러나 이제는 떠나야 한다.

그렇게 마음먹자 그동안 놀려먹기도 하고 구박을 당하기도 했던 일들이 주마등처럼 떠올랐다.

그게 모두 차곡차곡 쌓인 정이었다는 걸 비로소 절실히 느끼게 된다.

지옥의 지배자인 대마왕들에게도 장팔봉은 신선한 자극이

었다.

엉뚱하고 제멋대로이며 두려움없이 설쳐 대는 그놈의 재롱을 보는 재미로 지난 몇 달이 어떻게 지나갔는지도 잊을 지경이었던 것이다.

팔십 년이 넘게 살아오면서 이때처럼 즐겁고 유쾌했던 적이 없었다.

욕심 같아서는 죽을 때까지 장팔봉을 붙잡아두고 싶었다.

'하지만 그건 사랑이 아니지.'

곽, 양 두 노인은 그런 생각을 했다.

펄펄 뛸 것 같았던 두 노인이 풀이 죽어 고개를 숙인다.

그 모습이 장팔봉의 마음을 아프게 했다.

당 노인이 지그시 눈을 감은 채 말했다.

"갈 놈은 가고 남을 놈은 남는 거야. 세상일이라는 게 언제나 그렇다. 가겠다는 놈을 억지로 붙잡아서 될 일도 아니고, 남아 있겠다는 놈의 등을 떠밀어서 될 일도 아니다. 그저 순리대로 따르는 게 현명한 거지."

애써 무심하게 말하려는 게 느껴진다. 그래서 장팔봉은 더욱 가슴이 미어질 것 같았다.

"당 사부, 사부가 결정하면 나머지 네 분의 사부님들도 따를 거예요. 그러니까 자꾸 엄한 말씀 마시고 그냥 저와 함께 저 광명하고 아름다운 바깥세상으로 나가겠다고 말씀하세요. 네?"

말투마저도 변한 것이, 거칠고 투박하던 장팔봉은 간데없고, 영락없이 응석받이 아이였다.

　얼굴에 밤송이 같은 수염이 삐죽삐죽 난 시커먼 장정 놈이 그러니 징그러워야 정상이다. 하지만 다섯 노인들에게는 그게 더 귀엽고 애틋하기만 했다.

　당 노인이 슬며시 장팔봉의 손을 떼어놓으며 말했다.

　"나가서 뭘 하라고?"

　"뭘 하긴요? 그냥 느긋하고 즐겁게 세상 구경하면서 사시는 거지요."

　"그렇게 몇 년이나 살 것 같으냐?"

　"그거야……."

　"길어야 십 년일 것이다. 쏜살같이 흘러갈 세월이지."

　당 노인의 말에 나머지 네 노인들이 숙연해졌다. 우울한 얼굴이 되어서 묵묵히 귀만 기울이고 있다.

　그건 장팔봉도 마찬가지였다.

　무림맹주였던 적무광의 덧없는 죽음을 보고 느꼈던 허무한 감정이 다시 살아나 울적해졌다.

　당 노인이 한숨을 섞어 말했다.

　"우리가 세상에 나가면 또 한바탕의 풍파가 일 텐데 이제는 그것도 지겹다."

　"원래 그런 걸 즐기는 분들 아니셨나요?"

　"옛날 얘기지. 이 빌어먹을 곳에서 오십여 년을 살다 보니 모든 게 귀찮아졌느니라. 그냥 이곳이 제일 편하고 좋아."

　"……."

서로 놀리고 싸우기를 반복하며 지내온 세월이지만 그들은 어느덧 자신들만의 도에 통하게 된 것인지도 몰랐다.

오십여 년의 길고 긴 세월은 날카롭던 그들의 마음을 무뎌지게 했고, 흉악하던 심성마저 부드러운 것으로 바꾸어놓기에 부족하지 않았다.

겉으로는 아직도 흉측한 외모를 가졌고 대마종들이라는 악명을 지녔으나, 내면은 어느덧 천진한 아이의 그것으로 돌아가 있었던 것이다.

악을 쓰고 욕하며 싸우다가도 금방 언제 그랬느냐는 듯이 시시덕거리며 서로를 챙겨주곤 하던 다섯 노인들.

그들의 모습을 지켜보면서 장팔봉은 세월이 얼마나 위대한 일을 하는지 절실히 느끼기도 했다.

그들 다섯 노인은 이제 바깥세상으로 나가는 걸 두려워하고 있었다. 그곳은 더 이상 자신들의 세계가 아니라고 여기는 것이다.

믿지 못할 일이지만 그들에게는 갑자기 이곳을 떠난다는 게 그 어떤 두려움보다 컸다.

과연 지금 바깥세상에 나가면 내가 적응하고 살 수 있을까, 하는 걱정과 적응할 만할 때쯤이면 죽음을 맞아야 할 거라는 두려움인 것이다.

"하지만 나는 싫어."

불쑥 동혈 밖에서 냉랭한 음성이 들려왔다. 백무향이다.

그녀가 성큼 동혈 안으로 들어서자 은은한 박하 향이 퍼졌다.

"나는 밖으로 나가겠어."

그녀의 말에 다섯 노인이 일제히 인상을 썼다.

"배신하겠다는 거야?"

양 노인이 눈을 부라리며 묻지만 백무향은 배시시 웃기만 했다.

그녀의 눈길은 장팔봉에게 고정되어 있었다.

"나는 너를 따라서 나갈 테다."

"예?"

"의외라는 거냐?"

"에… 그건 좀…….."

"왜? 설마 너는 이 다섯 괴물들만 데리고 나갈 생각을 하고 있었던 건 아니겠지?"

백무향의 눈매가 즉시 가늘어진다. 장팔봉이 우물쭈물 그녀의 눈치를 보며 말했다.

"그, 그럴 리가… 없습지요. 소질이 어찌 백 사고를 빼놓을 생각을 했겠습니까요?"

"홍, 그럼 됐군."

코웃음을 친 백무향이 다섯 노괴물들을 하나씩 돌아보았다.

"여기서 당신들의 응석을 받아주며 사는 게 아주 지겨워졌어. 당신들 다섯 늙은이야 죽을 날이 머지않았으니 나가나 마나지. 하지만 나는 아직 살날이 많이 남았잖아?"

'너도 머지않았다.'

'주안술이 백 년, 천 년 갈 줄 아느냐?'

'쳇, 제가 무슨 반로환동이라도 한 줄 착각하는 모양이군. 꿈 깨라, 이것아.'

'고약한 년.'

'저런 걸 그동안 사매라고 떠받들어 줬다니… 배신자 같으니라구.'

다섯 노인들의 마음속에 그런 말들이 가득했지만 누구도 입 밖에 꺼내놓지는 않았다.

무거운 침묵이 흐른다.

그 침묵을 깬 건 당 노인이었다.

"역시 저 녀석 혼자보다는 누가 한 사람 붙어 있으면 좋기야 하겠지. 마음도 놓이고."

"예?"

장팔봉이 화들짝 놀라더니 두 손을 마구 내저었다.

나머지 노인들도 당 노인의 생각과 같았다.

"저 녀석은 완벽하지 않아. 비록 우리들의 절기를 지녔다고 해도 밖에 나가면 깨질 거야."

"고수다운 고수를 만나면 한 방에 떡이 되겠지."

"주먹질, 칼질도 내공이 있어야 제대로 할 수 있는 거지. 원숭이처럼 흉내만 내서야 무슨 소용이 있겠어?"

"에구, 불쌍한 놈……."

마지막 말은 공 노인이 하나뿐인 눈에 눈물마저 글썽이며 한 말이다.

"그래도 백 사매가 우리를 버릴 줄은 몰랐다."

곽 노인이 서운한 얼굴로 말하자 백무향이 코웃음을 쳤다.

"버리거나 말거나 내 마음이야. 누가 내 마음마저 이래라저래라 할 수 있어?"

"그동안 든 정이 그래 아무것도 아니란 말이냐?"

"흥, 서로 좋아서 즐겼으면 그만이지 정은 개뿔…… . 게다가 곽 오라버니는 날 즐겁게 해주지도 못하잖아? 벌써 이십 년이 넘었다."

"그, 그런 심한 말을…… ."

"여기 이 인간들이 다 그래."

백무향이 나머지 노인들을 손가락질하며 입을 삐죽거렸다.

그녀가 젊음을 유지하는 비결은 채양보음이었다.

한때는 다섯 노괴물들의 무시무시한 공력을 번갈아 빨아들이는 맛에 푹 빠져서 밤낮을 잊은 적도 있었다.

그때 그들에게 지상 최고의 환락을 제공한 대가로 지금 그녀는 이처럼 팽팽한 젊음을 유지할 수 있었던 것이다.

하지만 이십 년 전의 일이었다.

약속이라도 한 듯이 다섯 노인들이 금욕에 들어갔던 것이다.

그들로서는 나이가 들어갈수록 기력이 달리는데, 더 이상 일시적인 쾌락을 위해서 내공을 소진하다가는 말년이 더럽게 될 거라는 위기의식이 들어서였다.

백무향에게는 그게 야속한 일이었다. 그래서 그때부터 다섯 노인들을 미워했다.

그리고 지옥 안의 다른 젊은것들에게 눈을 돌리기 시작했는데, 제대로 그녀를 만족시켜 주는 놈이 한 놈도 없었다.

이미 다섯 노인들의 막강한 내력을 빨아들이는 데 맛을 들인 백무향으로서는 하나같이 허우대만 멀쩡했지 영 시원찮은 물건들에 지나지 않았던 것이다.

하지만 자신의 주안술을 계속 유지하기 위해서는 그 시원찮은 것들이라도 이용할 수밖에 없었으니 때로는 제 자신이 한심하게 여겨져 울화통이 터지기도 했다.

그런 세월을 이십 년이나 보냈다.

그리고 얼마 전에 드디어 다섯 노괴물에게 필적할 만한 절대고수 한 명이 눈앞에 나타났다.

무림맹주이자 절대무제라고 불리던 적무광이 이 지옥에 뚝, 떨어진 것이다.

그가 아직 폐쇄된 혈도들을 다 풀지 못했을 때 그녀는 즉시 접근해 유혹했다.

팔성의 내력을 되찾았을 뿐인 적무광에게 백무향의 지독한 사술, 환희마령은 거부할 수 없는 유혹이었다.

그가 자신의 치마 속에 갇힌 노예가 되자 백무향은 미칠 듯이 기뻐했다. 나이도 저보다 적은 데다가 정력마저 절륜했으니 더욱 그랬다.

적무광은 자신의 의지와 상관없이 그날부터 쉬지 않고 양기를 빨리기 시작했다. 마치 둑 터진 물이 콸콸 쏟아져 나가는 것 같았다.

아무리 몸 안에 태산 같은 내력을 쌓아놓고 있었다 해도 한

번 그렇게 되자 오래갈 수가 없었다. 날로 무기력해지더니 피
골이 상접해 갔다.

물론 그 대가로 여태까지 경험해 보지 못한 쾌락을 얻었지
만 그 결과는 장팔봉이 목격한 비참한 죽음이었을 뿐이다.

적무광이 그렇게 되자 이제 백무향의 유일한 목표는 오직
한 사람, 장팔봉일 수밖에 없었다.

이 세상 어디에도 장팔봉만큼 막강한 잠력을 제 몸 안에 감
추고 있는 자는 없을 것이다.

그걸 쪽쪽 빨아들인다면 주안술의 유지에 그치지 않고 정말
로 반로환동하여 아리따운 소녀로 환원될지도 모른다.

백무향에게 그것은 제 목숨과도 바꿀 만한 유혹이었다.

절대로 포기할 수 없다.

하지만 지금의 장팔봉은 아무짝에도 쓸모없는 몸뚱이에 지
나지 않았다.

아직 제 몸 안에 깃들어 있는 영물의 기운을 내공으로 흡수
해 들이지 못했기 때문이다. 게다가 내공이라는 것 자체가 거
의 없다시피 한 놈 아닌가.

내공을 키우면 죽는 이상한 몸뚱이를 가진 놈이라니 죽이고
싶도록 미웠다.

그런데도 다섯 늙은이들은 한사코 그를 밖으로 내보내려고
한다.

그걸 보고 눈치 빠른 백무향이 그대로 지나칠 리가 없었다.

백무향은 그렇다면 이 음흉한 늙은이들이 장팔봉의, 그 이

름도 이상한 여토광한절맥에 대한 해결책을 찾은 게 틀림없다고 믿었다.

그래서 희망이 다시 생겼다. 절대로 포기할 수 없는 희망이다.

장팔봉을 힐끔거리는 입가에 절로 야릇한 미소가 감돌았다.

'흐흥, 네 몸뚱이는 언제나 내 거야. 나와 단단히 약속을 했으니 그때 가서 딴소리할 수 없겠지.'

백무향은 장차 장팔봉이 저의 절맥을 치료해서 내공을 이루기만을 바랐다.

그러면 제 몸 안에 깃들어 있는 귀양태원지령과 극음복령지수의 영기를 흡수해 천하제일의 공력을 지니게 될 것이다.

장팔봉이 그렇게 되기를 바라는 백무향의 마음은 오히려 다섯 노인들보다 더 간절했다.

그때가 오면 약속을 내세워 그를 제 배 위에 올려놓고 즐길 작정인데, 그 생각만 해도 가슴이 낭군을 기다리는 새색시의 그것처럼 콩닥거리며 뛰었다.

최고의 쾌락을 주는 대신 그의 양기와 내공을 야금야금 빨아들여 기어이 반로환동의 꿈을 이루겠다는 집념 때문이기도 하다.

그러니 무슨 생떼를 써서든 장팔봉을 따라서 밖으로 나가지 않을 수 없다.

"그런데 나갈 방법은 정말 있는 거냐?"

"그건……."

장팔봉이 다섯 사부들의 눈치를 보았다.

백무향의 그 한마디는 이 모든 일의 핵심을 찌른 것이었다.

다섯 노인의 시선이 일제히 장팔봉의 얼굴에 꽂혔다.

그들도 그걸 알고 싶었지만 서로 눈치만 보면서 끝내 묻지 못한 건 '없다' 는 대답이 두려웠기 때문이었다.

이제 그것을 백무향이 망설임없이 물어보았으니 내심 속이 시원하기도 하다.

머뭇거리던 장팔봉이 머리를 끄덕였다.

"있습니다."

"그래? 믿을 수 없는걸?"

백무향이 머리를 갸웃거렸다.

"네가 불과 석 달 만에 찾아낼 수 있는 방법을 우리는 오십여 년이 지나도록 찾지 못했으니… 네가 우리보다 백배는 더 영악하다는 거냐?"

"그냥 운이라고 해야겠지요. 저에게 운이 있을 뿐입니다."

"어떤 운 말이냐?"

"그건… 지금은 말씀드릴 수 없습니다. 하지만 나갈 때가 되면 말씀드리지요."

"흐흥, 네 녀석이 보기보다 아주 엉큼한 녀석이로구나?"

"어쨌든 저는 나갑니다. 그리고 다섯 사부님들께서도 함께 나가시기를 바랍니다."

"우리는 싫다."

곽 노인, 무정철수 곽대련이 비장한 얼굴이 되어 머리를 가로저었다.

"사부님!"

"공 노괴의 말이 맞아. 우리가 앞으로 십 년을 더 살면 오래 사는 건데 무슨 욕심을 내겠느냐?"

쓸쓸한 웃음을 짓는 그 모습이 장팔봉의 가슴에 박혔다.

"흥, 싫으면 그만둬. 나는 십 년이 아니라 일 년을 산다고 해도 바깥세상의 화려함을 누리고 싶어."

"백 사매, 너는 아직 젊고 또 주안술을 익혔으니 그런 생각을 가질 만도 하지."

칠십을 넘긴 백무향이지만 다섯 노인들에게는 여전히 어리게 생각되었던 것이다. 더구나 겉으로 보이는 모습은 삼십대 중반의 미부와 같으니 더욱 그렇다.

"명심해라."

당 노인이 엄숙하게 말했다.

"너는 반드시 봉명도를 찾아야 한다. 사부로서의 명령이야."

"제가요?"

장팔봉에게 그건 뜻밖의 명령이었다.

제 임무는 봉명도가 있는 위치를 알아내 그걸 지금의 무림 맹주인 남천검왕 사자성에게 전해주면 그만이기 때문이다.

"왜요?"

힐끔거리며 백무향의 눈치를 보던 당 노인이 한숨을 쉬었다.

"나중에 말해주마."

"왜? 지금은 말하지 못하는 거야? 지금 말해."

백무향이 샐쭉해져서 다그치지만 당 노인은 물론 나머지 네 노인들도 약속이라도 한 듯 입을 꾹 다물었다.

*　　　　*　　　　*

"네가 나갈 방법을 찾았다고 하니 믿는다."

"그런데 정말 궁금하거든? 대체 어떻게 나갈 작정이냐?"

"이 안에 정말 밖으로 통하는 길이 있는 거냐?"

"그걸 어떻게 알았어?"

"괜히 잔머리 굴리는 건 아니겠지?"

다섯 사부는 언제나 동시에 말했으므로 그들이 입을 열면 와글와글 시끄러워진다.

"아, 좀! 한 사람씩 차례대로 말하면 안 돼요?"

"어쨌든 다 알아들었잖아. 자, 네가 차례차례 대답해 봐라."

"이거 아세요?"

"……?"

"매듭은 묶은 놈이 풀어야 하는 거고, 쌀 씻은 놈이 밥도 지어야 한다는 거."

"그게 무슨 말이냐?"

"대책이 없을 때는 무대책이 대책이고, 방법이 없을 때는 무대뽀가 방법이라는 거지요."

"그게 그 말이냐?"

"아, 적당히 알아들으세요. 지금 따질 땝니까?"

"……."

"그러니까 어떻게 할 건데?"

"나를 여기 떨어뜨린 놈이 꺼내줘야 하는 거지요."

"뭐라고?"

"허—"

다섯 노인들이 기가 막히고 어이가 없어서 한숨을 푹푹 내쉬지만 장팔봉은 태평했다.

어깨마저 우쭐거리며 한술 더 뜬다.

"골치 아프게 머리 굴릴 거 있습니까? 그냥 뚜벅뚜벅 걸어가서 말하는 거지요."

"여기서 꺼내달라고?"

"그렇지요. 바로 그겁니다."

"허—"

"끄응—"

"그런데 누구에게?"

히죽—

당 노인의 그 말에 장팔봉은 그저 웃기만 했다.

그리고 저의 말처럼 정말로 뚜벅뚜벅 걸어갔다.

당당하기가 난봉꾼이 제 마누라에게 돌아가는 것 같다.

*   *   *

"나 좀 보자."

"……?"

"고것, 갈수록 통통해지는 게 아주 먹음직스럽게 익었구만. 쩝—"

장팔봉의 말을 알아듣기라도 한 것처럼 동굴쥐가 불안한 듯 몸을 뒤채며 찍찍거렸다.

우문한이 제 가슴속으로 파고드는 동굴쥐를 품 안에 감추며 장팔봉을 매섭게 노려보았다.

장팔봉이 여전히 입맛을 다시며 느긋하게 말했다.

"말 좀 전하자."

"무슨 소리요?"

"시치미 뗄 것 없어. 서로 다 아는 처지에 낯간지럽잖아?"

"소생은 장 공자가 대체 무슨 말을 하는지 모르겠소."

"어허—"

눈을 부라린 장팔봉이 턱짓으로 우문한의 품속을 가리켰다.

"잡아먹지 않을 테니까 그놈을 한 번 빌려줘."

"……."

우문한의 눈빛이 더욱 날카로워졌다.

장팔봉을 쏘아보는 눈길에 살기마저 감돈다. 하지만 장팔봉은 보고도 보지 못한 척 무시했다.

"걱정 마라. 아무에게도 말하지 않았고, 앞으로도 그럴 테니까."

"대체 무슨 헛소리요? 쓸데없는 말로 나를 놀리는 거라면……."

"뭐, 어쩌겠다고."

"참는 데에도 한계가 있소."

"네까짓 놈이 참지 않으면 어떻게 할 건데? 왜? 죽이려고?"

장팔봉이 마음대로 해보라는 듯 옷자락을 풀어헤치고 가슴을 불쑥 내밀었다.

"……."

우문한의 눈길이 점점 지독해졌다. 어금니를 악문 채 볼을 푸들푸들 떤다. 그러나 그는 끝내 한숨과 함께 외면해 버렸을 뿐 손을 쓰지 못했다.

그것 보라는 듯 장팔봉이 더욱 느물거렸다.

"그놈에게 심부름 한 번만 시키자니까 그러네. 그런다고 그놈의 발이 닳는 것도 아니잖아?"

"대체 무슨 말을 하는 거요? 이건 그냥 내 애완동물일 뿐이오."

"흥, 그럼 그놈의 배 아래 감추고 있는 건 뭐지?"

"……?"

"나를 속이느니 귀신을 속여라."

그 말이 떨어지기 무섭게 우문한의 몸이 번쩍, 하고 움직였다.

소리도 기척도 없이 어느새 장팔봉의 코앞에 닥쳐들었는데, 날렵하고 재빠르기 짝이 없는 신법이었다.

그가 장팔봉의 가슴에 붙인 손바닥에 지그시 힘을 주며 노려보았다. 그대로 내력을 쏘아내면 장팔봉은 심장이 터져 즉사해 버릴 것이다.

당장 죽느냐 사느냐 하는 게 우문한의 마음먹기에 달려 있는 형편인데도 장팔봉은 조금도 당황하거나 불안해하지 않았다.

그가 자신을 죽이지 못하리라는 절대적인 믿음이 없고서는 불가능한 일이다.

"어떻게 알았지?"

우문한이 스산한 얼굴로 스산하게 말했는데 당장 말투부터 달라졌다.

장팔봉이 피식 웃는다.

"사부님의 가르침이었지. 언제나 먼저 보는 놈이 이긴다는."

"뭐라고?"

"내 눈을 벗어날 수 있는 건 아무것도 없어. 하물며 그까짓 쥐새끼이겠느냐?"

"……"

"다른 사람들은 그저 한 끼 식사거리로 생각하는 동굴쥐를 네가 애지중지하는 게 이상했어."

"그것만으로는 부족해."

"한밤중에 그놈이 어딘가에 다녀오는 모양이더군. 가만히 보고 있었지. 빨빨거리며 중앙 광장으로 나가던 놈이 딴 짓을 하더구나. 흐흐흐─"

"……"

"암컷을 만난 거야. 꼴에 저도 수놈이라고 즉시 암놈을 덮치더군. 그때 보았다. 배 아래 감추어져 있는 작은 통을 말이야."

"……"

"다른 사람들은 아무도 그까짓 동굴쥐에게 관심을 두지 않는다. 하지만 나는 벌써부터 의심하고 있었어. 네가 그놈을 꼭 가슴에 품고 있다는 것 자체가 수상했거든. 어떻게 해서든 사람들의 눈이 그놈의 배 밑에 닿지 못하도록 하려는 의도였겠지. 그렇지?"

"너 말고 또 본 사람이 있느냐?"

"없어. 안심해라. 아무에게도 말하지 않았으니까."

"죽일 놈."

우문한의 눈에 어려 있는 살기가 갑자기 증폭되었다. 그대로 장력을 내쏟아 버릴 듯 어깨를 움찔거린다.

장팔봉이 그런 우문한을 빤히 바라보면서 씩 웃었다.

"할 용기도 없으면서 괜히 허세 떨지 마라."

어쩔 수 없다는 듯 우문한이 한숨을 내쉬고 손을 떼었다.

"뭘 원하는 거냐?"

"간단해. 패천마련의 우두머리에게 내 말 한마디만 전해주면 된다."

"뭐라고? 너는 그것까지 알고 있었단 말이냐?"

"흐흥, 네가 이 지옥에서 동굴쥐를 통해 연락을 주고받는 사람이라면 보통 사람이 아니겠지? 그렇지 않아?"

이제 주도권은 장팔봉에게 완전히 넘어와 있었다. 우문한이 질렸다는 듯 주춤 물러선다.

그럴수록 장팔봉은 더욱 여유를 보였다. 느물느물 웃는 것이 얄밉기 짝이 없다. 당장 저 낯짝을 뭉개 버리고 싶을 테지만 기세를 빼앗긴 우문한은 그럴 수가 없었다.

"패천마련에서도 최고에 속하는 비밀을 접할 수 있는 사람이라면 딱 두 사람이겠지. 마밀천주와 련주인 거령신마."

"으음—"

"네가 무엇 때문에 이곳에 와 있는지, 거령신마와 어떤 관계인지는 묻지 않겠다. 끝까지 비밀도 지켜주지. 자, 어쩔 테냐? 내 말을 전해주겠어?"

"……."

"거절한다면 할 수 없지. 다섯 사부님들께 너의 정체를 말씀드릴 수밖에."

"헉!"

*   *   *

"이것 하나만 약속해라. 자존심을 걸고 말이야."

'제기랄.'

"그냥 말씀하시면 됩니다. 설마 명색이 제자인데 사부님의 명령을 외면하겠어요?"

"그래도 약속해라."

"하지요, 합니다."

"뭔지도 모르고?"

"하라면 그냥 하면 되는 거지, 꼭 알아야 합니까?"

"흘흘, 그 녀석 참. 어쨌든 화통한 그 성격 하나는 마음에 들어."

"뭡니까?"

거기서 다섯 노인이 이를 부드득 갈았다. 눈에 흉흉하고 악독한 빛이 어린다.

장팔봉은 그들의 그와 같은 기세에 절로 오금이 저려오고 온몸의 털들이 곤두서는 걸 느꼈다. 등줄기가 서늘해진다.

"우리 다섯 사람의 이름으로 한 놈을 죽여라."

그 말을 하는 당 노인은 흉성이 폭발한 듯 얼굴빛이 창백해졌다. 움켜쥔 두 주먹을 부들부들 떠는 것이 심상치 않았다.

공 노인도 하나뿐인 눈에서 흉광을 쏟아내며 으스스한 음성으로 말했다.

"그놈의 두 눈깔을 후벼 파라. 그때 반드시 이 독안마효 공자청 대신이라는 걸 말해줘야 하느니라."

"왜마왕 염철석 대신이라고 말하면서 그놈의 뱃가죽을 벗기고 간을 토막내 끄집어낸 다음에 그놈의 아가리에 처넣어줘라. 꼭 그래야 한다. 으흐흐흐—"

"나는 그놈의 두 팔을 가질 테다. 흐흐, 칼이나 검을 쓰지 말고 도끼도 쓰지 마라. 그냥 분질러서 산 채로 뽑아버려야 해. 물론 반드시 무정철수 곽대련 대신이라고 말해줘야지."

"그럼 그놈의 두 발은 내 거다. 발목에서부터 허벅지까지 자근자근 밟아 납작하게 으스러뜨려라. 인정사정 봐줄 것 없어. 그러면서 말해줘라. 무영혈마 양괴철 대신이라고 말이야."

"마지막으로 나, 절세신마 당백련 대신이라고 말해주며 할 일은 그놈의 심장을 뽑아내는 거다. 단번에 해버리면 재미가 없지. 흐흐, 천천히, 그놈이 제 심장이 뜯기고 있다는 걸 충분히 느끼도록 느긋하게 즐기면서 뜯어내라."

"으으으—"

그들의 말이 너무나 끔찍하고 사악한지라 장팔봉은 사시나무 떨 듯 몸을 떨었다.

상상만 해도 온몸에 소름이 돋고 구역질이 나온다.

"너는 약속했다. 그것도 사나이의 자존심을 걸었지. 그러니 반드시 그렇게 해야 한다."

한참 만에야 장팔봉이 겨우 정신을 차리고 물었다.

"대체 그게 누굽니까? 무슨 원한이 있기에 그처럼 지독한 복수를 해야 한다는 겁니까?"

"우리를 이 꼴로 만든 놈이지."

"오십 년의 세월을 보상받기에는 그것도 부족해."

"배신은 죄 중에서도 가장 나쁜 죄이고, 그런 놈은 악질 중에서도 최고의 악질이다."

"암, 그러니 그 정도의 복수를 해주는 것도 많이 봐주는 거야."

"그러니까 그게 누구냐고요?"

다섯 노인이 한목소리로 소리쳤다.

"능파경(陵巴炅)!"

第五章

장팔봉, 드디어 지옥을 벗어나다

鳳鳴刀
봉명도

장팔봉, 드디어 지옥을 벗어나다

"능파경?"

들어보지 못한 이름이라 장팔봉은 어리둥절하기만 했다.

오십여 년 전의 일이라고 하지만 이들 다섯 노인을 한꺼번에 지옥에 떨어뜨릴 정도의 인물이었다면 그 이름이 오백 년은 전해져야 마땅하다.

아무리 견문이 보잘것없는 장팔봉이라고 해도 어디에선가는 들었어야 옳은 일인데, 능파경이라는 이름은 전혀 들은 바가 없었다.

그런 장팔봉의 마음을 들여다본 노인들이 앞 다투어 말했다.

"그때의 일은 강호에 알려지지 않은 비사 중의 비사일 것이다. 아무도 우리가 그놈에게 농락당해 이런 꼴이 되었다는 걸 알지 못할 거야."

"그놈이 제 입으로 떠벌리고 다녔을 리도 없지."

"지금은 다른 이름으로 행세하고 있을지도 몰라. 그러니 세상 사람들은 더욱 알지 못하겠지."

그래도 장팔봉은 이해할 수 없었다.

"그 능파경이라는 사람은 다섯 사부님보다 뛰어난 고수일 텐데 어째서 이름조차 알려지지 않았을까요?"

"너는 뭐라고 지껄이는 것이냐? 그놈이 우리보다 뛰어나다고?"

"개소리! 그놈은 내가 한 손만 써도 때려잡을 수 있다!"

장팔봉이 무심코 한 말에 다섯 노인들이 악을 써댔다.

"아니, 그렇다면 그가 어떻게 다섯 사부님을 해칠 수 있었단 말입니까?"

"흐흐, 강호는 원래 음험한 곳이다. 무공보다 심계가 더 무섭고, 심계보다 악독한 심성이 훨씬 무섭지. 하지만 그것보다 더 무서운 건 그 모든 걸 감출 줄 아는 놈이다. 너는 명심해야 한다. 웃으며 친절을 베푸는 놈을 더욱 경계해야 한다는 걸."

"사랑도 믿지 마."

"무언가를 내세워서 너를 부추기고 유혹하는 자에게는 반드시 음흉한 속셈이 있느니라. 네게서 빼앗아가고 싶어하는 게 있는 거야."

"네가 이곳을 나가면 강호를 주유하게 될 텐데, 그러면 절대

아무도, 무엇도 믿지 말아야 하느니라."

그렇게 사는 삶이 얼마나 괴롭고 힘들 것인가. 그래서 장팔봉은 내심 불만이 커졌다.

'제기랄, 그럴 바에야 차라리 머리 깎고 중이 되어 깊은 산속에 처박혀 있는 게 백번 낫겠군. 무슨 재미로 세상을 산단 말이냐?'

그런 생각으로 입을 삐죽거리는데 당 노인이 근엄한 신색을 되찾고 다시 말했다.

"그리고 봉명도는 반드시 네가 찾아야 한다. 그래야만 네 자신을 구하고 우리의 한도 풀어줄 수 있느니라."

"그러니까 그걸 찾아서 그 안에 있다는 봉명심법을 익히면 마음 놓고 내공을 수련할 수 있는 거로군요?"

"그렇지. 그렇게 되면 너는 천하제일의 막강한 내가공력을 지니게 될 것이다."

"또한 우리들의 광세절학 다섯 가지를 한 몸에 지녔으니 곧 천하제일, 아니, 고금제일의 절대고수가 되겠지. 그런 다음에는 네 마음대로 하는 거야. 강호의 패자가 되겠다고 마음먹으면 누가 너를 막을 수 있을 것이냐?"

"정파니 사파니, 정도니 마도니 하는 것들도 죄다 필요없어. 마음만 먹는다면 모두 네 발아래 무릎 꿇게 할 수 있다. 오직 너 혼자서 유아독존하는 거야."

상상만 해도 가슴이 뛰고 피가 끓어오른다.

천하가, 강호의 그 많은 고수 기인들이 죄다 저의 한마디 호령에 벌벌 떨며 '존명!' 하고 외친다면 그 얼마나 통쾌할 것인가.

입이 절로 헤벌쭉 벌어졌다.

그날 밤, 장팔봉은 천하제일의 고수가 되어 강호에 군림하는 상상에 취해 히죽히죽 웃으며 이리저리 몸을 뒤척이느라 제대로 잠을 자지 못했다.

그리고 다음날 새벽이 되기 무섭게 동혈을 나가 지하 광장에서 우문한을 만났다.

"결정했어?"

우문한이 다가오기 무섭게 그것부터 다그친다.

잠시 장팔봉을 바라보던 우문한이 말없이 머리를 끄덕였다.

"잘 생각했어."

"그런데 무슨 말을 전하려는 거요?"

"간단해. 면담을 한 번 하고 싶다는 거지."

"흥, 그게 가능하다고 생각하는 건 아니겠지?"

"그걸 판단하는 건 네가 아니다. 감히 나와 거령신마 사이의 거래에 끼어들려는 건 아니겠지?"

서슴없이 '거래' 라고 말했다.

그건 자신과 이 시대의 절대마종으로 불리는 거령신마를 동격으로 생각한다는 것과 같다.

우문한이 '뭐 이런 놈이 다 있지?' 하는 얼굴로 장팔봉을 물끄러미 바라보는데, 기가 막혀 할 말을 잃어버린 것 같았다.

"그럼 수고해라. 커흠."

장팔봉이 어깨를 우쭐거리며 돌아가지만 우문한은 넋이 나간 듯, 홀린 듯 여전히 멍한 채 그 자리에 서 있기만 했다.

*　　　　*　　　　*

"흘흘, 역시 재미있는 놈이야."

빙긋 웃는 거령신마의 손안에서 쪽지는 한 줌의 재가 되었다.

"도대체 이놈의 이 엉뚱한 배짱은 어디에서 나오는 걸까?"

마밀천주인 은형비월 맹달이 걱정스런 얼굴로 거령신마 무극전을 올려다본다.

"예?"

"젊은 패기라고 해야 할까? 그렇다면 부럽기 짝이 없는 일이지."

"……."

거령신마는 자신을 돌아보았다.

어느덧 육십 중반에 이른 나이가 되어 있는 제 모습이 낯설었다. 소리없이 지나가 버린 청춘에 대한 아쉬움이 커진다.

'나에게도 그처럼 자신만만하고 패기가 넘치던 세월이 있었지.'

자신의 젊은 날을 더듬어 회상하는 노인에게 회한이 없을 수 없다.

생각할수록 장팔봉의 엉뚱하고 물불 가리지 않는 혈기가 부러웠다. 은근히 귀엽다는 생각마저 드는 건 젊은 날의 자신이 또한 그랬기 때문이다.

"그놈을 정말 꺼내줄 생각이십니까?"

"왜?"

"자꾸만 꺼림칙한 느낌이 들어서입니다."

"흘흘, 그놈을 굳이 죽이지 않고 지옥마전의 지하 뇌옥에 떨어뜨린 이유를 잊었느냐?"

"그거야……."

"그놈이 대체 무슨 밀명을 받고 왔는지 알아보려는 것이었지."

"이제는 분명해졌습니다. 그러니 더욱 붙잡아둬야 하지 않을까요?"

"내 생각은 다르다."

"……."

"마음이 바뀌었어."

"하오면 봉명도를 찾으실 작정이십니까?"

"그런 물건은 세상에 영영 나오지 않는 게 모두를 위해 좋다고 판단했기에 적무광을 지옥 속에 가두었다. 내가 가질 수 없는 것은 다른 사람도 가져서는 안 된다는 생각 때문이기도 했지."

"련주님의 판단이 옳다고 저는 굳게 믿습니다."

"그런데 비밀은 덮어둘수록 자꾸만 삐져나오게 되는 모양이다. 그렇다면 아예 없애 버릴 수밖에 없어."

"……."

"봉명도를 내가 차지한다면 다시는 그것 때문에 신경 쓸 일이 없겠지."

"하오면……."

"그놈을 내게 데려와라."

"존명!"

적무광이 사라진 지금, 유일한 이 시대의 절대자 앞에서 맹달은 그가 무슨 말을 하고 어떤 결정을 내리든 승복하지 않을 수 없었다.

＊　　　　＊　　　　＊

그날은 보름달이 휘영청 밝았다.

지하 뇌옥의 호리병 광장 복판으로 황금빛 달빛이 폭포수처럼 쏟아져 내리는 무렵이었다.

"정말 안 가실 겁니까?"

"안 간다."

"웬 고집이 그렇게 세단 말입니까?"

"천성이 그러니 나도 어쩔 수 없다."

"하아—"

장팔봉의 안타까운 탄식에 동굴이 무너질 것 같다.

"우리가 한 말을 잊지 마라."

"죽어도 잊지 않겠습니다. 그러니 그 점은 염려 마세요."

"네가 우리의 당부를 잊지 않는다면 그건 곧 우리의 존재를 잊지 않는다는 것과도 같지. 그러면 족하다."

"나가거든 하고 싶은 것 마음껏 하면서 잘 먹고 잘살아라."

"제가 봉명도를 찾아 내공을 연성하고 그 안의 절세신공마저 익힌 다음에 패천마련을 싹 지워 버리겠습니다. 그리고 긴 줄을 늘어뜨려서 다섯 사부님을 끌어 올리지요. 그때까지 부디 보중하십시오."

"흘흘, 그날이 올 때까지 우리가 지금처럼 살아 있으면 좋으련만……."

무영혈마 양괴철의 그 말에 모두 입을 굳게 닫고 침묵했다.

장팔봉도 입을 꽉 다물었다. 말을 하려고 하면 말보다 먼저 울음이 쏟아져 나올 것 같았던 것이다.

"가라."

절세신마 당백련이 외면한 채 말했는데, 잠겨 있는 목소리였다.

장팔봉이 더욱 입술을 악물었다. 눈마저 질끈 감고 한동안 뜨거운 숨을 다스리더니 그 자리에 넙죽 엎드린다.

"다섯 사부님들의 고집을 꺾지 못하고 이렇게 제자 혼자서 이곳을 나간다니 가슴이 찢어질 것 같습니다."

"……."

"당 사부님."

당백련이 붉어진 눈으로 그를 힐끔 바라보고 곧 외면했다.

"공 사부님."

"커흠."

"염 사부님."

"부르지 마라. 키힝—"

왜마왕 염철석이 기어이 손등으로 눈물을 찍어내며 돌아앉는다.

"곽 사부님."

"……."

"양 사부님."

"몸조심해라."

무정철수 곽대련은 아무 말 없이 돌아앉았고, 무영혈마 양괴철은 지그시 장팔봉을 바라보았다. 제 눈 속에 넣어두고 죽을 때까지 잊지 않으려는 것이다.

그들 다섯 노괴물들은 천하를 어지럽히던 일대의 마왕들이었지만 어느새 흠뻑 정이 들어버린 제자를 떠나보내야 하는 지금은 그저 심약하고 무기력한 노인들에 지나지 않았다.

장팔봉이 사부라고 불러준 그 한마디가 이별의 아픔을 더욱 커지게 했다.

'그렇지, 이놈은 우리들의 유일한 제자야.'

'어떤 놈이 우리들의 제자를 건드릴 수 있겠어?'

그런 생각에 우쭐해지다가도 눈물이 그렁그렁한 장팔봉을 보면 가슴이 미어지는 것 같았다.

독안마효 공자청이 한숨을 섞어 말했다.

"당당하고 멋지게 살아라. 우리가 그랬던 것처럼 말이야. 어떤 놈에게도 절대로 꿀리면 안 돼. 네가 우리들 다섯 늙은이를 대신하는 몸이라는 걸 항상 생각해야 하느니라. 그러면 두려울 게 없을 것이다."

장팔봉이 고개를 끄덕였다. 공자청의 흉하고 기괴한 몰골을 바라보는 눈에 안타까움이 가득하다.

"이제 그만 가라."

절세신마 당백련이 애써 태연한 얼굴을 하고 말했다. 담담해 보인다.

이를 악물고 벌떡 일어선 장팔봉이 다섯 노사부들을 다시 한 번 차례로 바라본 다음에 휙, 몸을 돌렸다.

소리없는 눈물을 뿌리며 마구 달려나갔는데, 다시는 돌아보지 않았다.

돌아보면, 그래서 그들과 눈이 마주치면 영영 떠날 수 없을 것 같았던 것이다.

"저놈은 잘살 거야."

"사막 한복판에 떨어뜨려도 살아 나올 놈이야."

"에휴—"

"슬퍼하지 말자. 강호에 우리를 대신할 놈 하나가 나가는 날인데 기뻐해야지."

"흐흐, 세상이 뒤집어지고 말 기다. 그걸 내 눈으로 보지 못한다는 게 조금은 아쉽군."

다섯 노인은 장팔봉이 사라지고 보이지 않는 텅 빈 허공을 하염없이 바라보았다.

*   *   *

"왜 이제야 오는 거야? 짜증나 죽을 뻔했잖아!"

저쪽에서 어깨를 축 늘어뜨린 채 맥 빠진 모습으로 천천히 다가오는 장팔봉을 본 백무향이 빽, 소리쳤다.

힐끗 쳐다본 장팔봉은 아무 말도 하지 않았다. 잡아먹을 듯 노려보는 그녀의 어깨를 스치며 지나갈 뿐이다.

마음속에 다섯 사부들을 두고 가는 슬픔이 가득할 뿐, 백무향의 존재를 의식할 여지가 없는 것이다.

"저, 저놈이!"

무시당한 것 같은 노여움에 백무향이 뽀드득 이를 갈았다.

여태까지 누가 저를 이렇게 무시해 본 적이 있었던가. 여태까지 이런 노여움을 참아본 적이 있었던가.

하지만 백무향은 잡아먹을 듯 장팔봉의 등을 노려보면서도 어떻게 할 수가 없었다.

'저 죽일 놈. 쥐새끼보다 뻔뻔하고 무식한 얼간이. 깨진 호박같이 생겨먹은 놈이 감히 나를 무시해? 어디 두고 보자. 빠드득—'

"뭐 하고 있어? 날 샐 거야!"

백무향이 애꿎은 우문한에게 화풀이하듯 악을 썼다.

입맛을 다신 우문한이 품에서 동굴쥐를 내려놓았다. 몇 번

등을 쓰다듬어 주며 무어라고 알아들을 수 없는 말을 중얼거린다.

대답이라도 하듯 찍찍거린 동굴쥐가 쪼르르 달려가기 시작했다.

삼매진화를 일으켜 횃불에 불을 붙인 우문한이 빠르게 말했다.

"정신 바짝 차려야 합니다. 저놈을 놓치면 끝장입니다."

말이 끝나기 무섭게 번쩍 몸을 날렸고, 백무향이 그 뒤를 따랐다.

장팔봉을 스쳐 지나가며 '흥!' 하고 차가운 콧바람을 날린다.

장팔봉도 이제는 다른 생각을 할 수가 없었다. 저 두 사람을 놓친다면 미로보다 더 지독한 이 동굴 속에서 길을 잃어버릴 것이기 때문이다.

그러면 나가지도, 돌아가지도 못하고 죽을 때까지 헤매다가 꼼짝없이 귀신이 되고 말 것이다. 귀신이 되어서도 절대로 이 복잡한 미로를 빠져나가지 못할 게 틀림없다.

장팔봉은 즉시 무영혈마 양괴철로부터 배운 환영마보를 펼쳤다. 절세의 경공신법이자 보법으로 한때 강호를 풍미했으며 지금은 전설이 되어 있는 절기다.

그것을 펼치자 장팔봉의 몸이 빨려들 듯이 앞으로 쭉, 뻗어나갔다.

고작 한 줌에 불과한 내공으로는 환영마보의 십분지 일도 제대로 펼칠 수 없었지만 이 동굴 속에서는 그것으로도 충분했다.

우문한이 밝혀 든 횃불이 없었다면 아무리 절정의 경공신법을 지녔고, 아무리 곤충의 더듬이처럼 예민한 감각을 지닌 자라고 할지라도 이 동굴 안에서는 한 발짝도 움직이지 못할 것이다.

굴곡이 심한 데다가 바닥이 울퉁불퉁했고, 불쑥 솟아오르거나 뚝 떨어져 내리는 급한 경사면이 도처에 함정처럼 도사리고 있는 지형이라 그렇다.

게다가 천장에 종유석이 어지럽게 늘어져 있으니 자칫 한눈을 팔다가는 그것에 부딪쳐 머리통이 깨지고 말 것이다.

때로는 한 사람이 간신히 지나갈 만큼 좁아지기도 했는데, 그러면 납작 엎드려 뱀처럼 기어가야 했다.

한 발짝만 벗어나면 천 길 벼랑으로 추락해 버리는 아슬아슬한 절벽 면을 벌벌 떨면서 지나기도 한다.

저 아래, 주황빛으로 이글거리며 천천히 흐르고 있는 용암의 강이 보이니 더욱 끔찍했다.

한 자루의 횃불이 다 타 들어가도록 정신없이 동굴쥐의 뒤를 따라 달리고 기었으니 대체 얼마나 온 건지, 어떻게 온 건지 하나도 기억할 수가 없었다.

드디어 차가운 바람이 뺨에 와 닿는 곳에 이르렀다.

여전히 비좁고 위험한 동굴 안이지만 공기의 냄새가 달라졌다. 그리고 횃불이 완전히 타서 꺼져 버렸을 때쯤 희미한 빛이 저 앞쪽에서 비쳐들기 시작했다.

"후아—"

얼마 만에 맡아보는 싱싱한 풀 냄새이고 나무의 향기이던 가.

장팔봉은 바람이 이처럼 상쾌하고 향기로울 수 있다는 걸 처음 느낀 사람처럼 어리둥절해졌다.

공기가 이처럼 달콤하고 신선하다는 게 믿어지지 않아서 들이마시고 또 들이마신다.

그건 염라화 백무향도 마찬가지이고 우문한도 다르지 않았다.

멍하니 서서 눈앞에 펼쳐져 있는 풍경을 넋을 잃고 바라본다.

머리 위에 환하게 빛나던 보름달도 한참을 기울어 은은하고 부드럽게 변해 있는 무렵이었다.

그 달을 바라보던 백무향이 얼굴에 잔경련을 일으키더니 기어이 뜨거운 눈물을 왈칵 쏟아냈다.

"흑—"

얼굴을 감싸고 주저앉아 어깨를 들썩이며 흐느낀다.

오십여 년 만에 바깥세상으로 나온 감동과 감격 때문에 정신이 몽롱해질 지경이었는데, 그 기쁨이 울음으로 터져 나왔던 것이다.

"세상이 이처럼 아름다운 것이었군."

장팔봉이 그 곁에 우두커니 서서 중얼거렸다. 그의 음성도 감격으로 어눌하게 잠겼다.

아귀처럼 부대끼며 살아갈 때는 지겹고 짜증나기만 했던 세상이었다. 하지만 지금 보는 세상은 그때의 그것과는 하늘과 땅만큼이나 차이가 있었다.

이렇게 아름답고 향기로운 세상에서 살고 있는데 인간들은 왜 그렇게 아귀 같고 야차 같은 건지 의아해진다.

세상을 더럽히고 욕되게 하는 인간들은 벌레만도 못한 놈들이라는 미움이 절로 생겼다.

감사할 줄 모르는 것들에게는 저주가 있어야 한다.

장팔봉이 저만의 그런 감상에 빠져 있는데, 쪼그리고 앉아 흐느끼던 백무향이 발딱 일어서더니 앙칼진 얼굴로 노려보았다.

"정나미 떨어지는 놈 같으니."

"예?"

"가녀린 여자가 이렇게 처량한 모습으로 울고 있으면 다독여 주고 위로해 줄 줄을 알아야지. 너는 목석만도 못한 놈이다."

"가녀린 여자요?"

장팔봉이 그런 여자가 어디 있느냐는 듯 두리번거렸다.

그의 그런 음흉스러움에 백무향이 입술을 잘근잘근 깨물었다. 눈에서 원독의 불길이 활활 뿜어져 나온다.

'제기랄, 요망하고 끔찍한 구미호 할망구는 있지만 가녀린 여자는 어디에도 없다.'

내숭을 떠는 장팔봉의 얼굴에 그런 마음이 내비치지 않을 수 없다.

"가겠어."

분한 숨을 씩씩거리던 백무향이 미련없다는 듯 쌀쌀맞게 돌아섰다.

장팔봉으로서는 반갑기 짝이 없는 말이다.

"그럼 안녕히 가십시오. 소질이 좀 바빠서 멀리 배웅하지 못합니다."

"흥!"

다시 한 번 매섭게 그를 노려본 백무향이 우문한에게 눈길을 주었다.

"지독한 놈. 그동안 감쪽같이 우리 모두를 속여오고 있었구나."

"……."

"네놈이 처음부터 수상하다고 생각하기는 했지. 하지만 패천마련의 첩자였을 줄이야……."

우문한은 묵묵부답, 슬며시 백무향의 눈길을 외면한 채 먼 산만 바라보고 있었다.

지하 뇌옥 안에서 백무향에게 절대 충성하던 모습은 간데없다.

그때, 삐익— 하고 허공에 날카로운 호각 소리가 울려 퍼졌다. 그러더니 곧 옷자락 펄럭이는 소리와 함께 이십여 명의 마인들이 쏜살같이 날아들었다.

그 신법의 고명함만을 보아도 하나같이 절정의 고수가 아닌 자가 없다.

패천마련에 있는 수많은 마두들 중에서도 쟁쟁한 자들만으로 구성된 게 틀림없다.

총단의 내외곽 경비를 책임지고 있는 자들로서 맹달의 마밀천에 속해 있는 고수들이었다.

장팔봉은 그자들이 련주의 명을 받고 자신을 데려가기 위해 왔다는 걸 짐작했다. 이렇게 되리라는 걸 예상은 하고 있었지만 차갑기가 얼음인형 같은 자들에게 에워싸여 있으니 으스스해진다.

순식간에 그들에게 포위되었으나 백무향은 아무렇지도 않은 것 같았다. 마치 지하 뇌옥 안에 있던 수많은 '없는 것들'을 대하듯 무심하고 경멸을 담은 눈길로 한 번 훑어보았을 뿐이다.

그리고 여전히 우문한을 노려보는데, 자신을 속인 자에 대한 분노가 조금도 약해지지 않았다.

장팔봉은 그녀가 손을 쓰게 해서는 안 된다고 생각했다. 지금, 여기에서 우문한을 죽인다면 큰 소동이 벌어질 것이기 때문이다.

만약 싸움이 벌어지면 백무향보다 자기에게 더 큰 피해가 올 것이라고 생각한 장팔봉이 우문한의 앞을 막아섰다.

"사고, 이놈이 얄밉기 짝이 없지만 그래도 이놈이 아니었다면 우리가 어떻게 그 지옥을 벗어 나올 수 있었겠습니까? 그만한 공이라면 그동안 사고를 속인 죄쯤은 덮어줄 수 있지 않을까요?"

"흥!"

백무향이 쌀쌀맞게 코웃음을 쳤다.

"좋다. 그동안의 정을 생각해서 오늘은 그냥 간다만 강호에서 다시 만난다면 그때는 용서하지 않겠다. 내가 있는 곳의 반경 일백 리 안에는 있지 않는 게 좋을 거야."

그리고 장팔봉을 돌아보며 배시시 웃는다. 순식간에 표정을 바꾸고 분위기를 바꾸는 것이 마치 손바닥을 뒤집듯 자연스러웠다.

"너는 나와 한 약속을 절대로 잊으면 안 돼. 잘 알고 있지?"

돌부처라도 가슴이 설레고도 남을 만큼 요염하고 화사한 눈웃음을 쳐주고는 돌아선다.

포위하고 있던 마인들이 움직일 기세를 보이자 우문한이 두 팔을 활짝 벌리며 다급하게 말했다.

"움직이지 마라! 보내 드려!"

그의 말에 마인들이 기계처럼 멈추어 섰고, 백무향은 '흥!' 하는 코웃음과 함께 몸을 솟구쳤다. 마치 백학 한 마리가 날갯짓을 하며 구름 위로 날아오르듯 우아하고 멋진 경공신법이었다.

그녀의 펄럭이는 흰 옷자락이 순식간에 사라져 보이지 않게 되고서야 장팔봉은 가슴을 쓸어내렸다.

"제기랄, 오십 리 안이든 밖이든 이제는 내 맘대로다. 여기
는 바깥세상이거든?"

하지만 사라져 버리는 그녀의 뒷모습을 바라보는 눈에 아쉬
움이 실렸다.

가능하다면 저도 그녀처럼 훌쩍 몸을 날려 이곳을 훌훌 벗
어나고 싶었다. 환영마보의 절기를 한껏 펼친다면 누구도 뒤
쫓아오지 못하리라.

그러나 그럴 수 없으니 문제였다.

백무향처럼 멋대로 떠난다면 열 걸음도 채 가지 못해서 포
위하고 있는 저놈들에게 붙잡히거나 맞아 죽고 말 테니 그렇
다.

여기를 무사히 벗어나려면 거령신마의 허락 없이는 절대 불
가능한 것이다.

*   *   *

웅장하고 음침한 대전 안에 두 사람이 있다.

한 사람은 높은 단 위에 석상처럼 근엄하게 앉아 있고, 한
사람은 단 아래에 꼿꼿이 서 있었다.

허공을 격하고 마주치는 두 사람의 눈이 불똥을 튕겨낼 듯
했다. 한 치도 양보하지 않는다.

치열한 기세 싸움인데, 놀랍게도 장팔봉은 천하제일의 고수

이자 절대적인 마존인 거령신마 무극전에게 조금도 밀리지 않았다.

그의 이글거리는 시선을 똑바로 받으면서도 절대로 위축되거나 겁내지 않는다.

'흠, 역시 제법 강단이 있는 놈이로군.'

거령신마의 입가에 보일 듯 말 듯한 미소가 아주 잠깐 떠올랐다.

사실 장팔봉은 오금이 저리고 사지가 뻣뻣이 굳어 눈동자조차 움직일 수 없는 지경이 되어 있었다.

무릎을 꿇고 싶어도 자존심은 둘째 치고, 우선 다리가 말을 듣지 않으니 그럴 수 없고 눈길을 깔려고 해도 그렇다.

거령신마의 산악 같은 기운에 짓눌려 선 채로 기절해 있는 것이라고 해도 과언이 아니다.

하지만 겉으로 보기에는 두 눈을 부릅뜨고 거령신마를 노려보는 것 같으니 누구라도 대단한 놈이라고 감탄하지 않을 수 없으리라.

"나를 만나겠다고 했으니 이유가 있겠지?"

기어이 거령신마가 먼저 침묵을 깼다. 장팔봉이 화들짝 놀라 두리번거린다.

"말해봐라."

'제기랄, 이판사판이다. 죽기 아니면 살기지. 오십 대 오십의 확률이라면 도박을 하지 않는 게 병신 아니겠어?

그런 생각이 드는 한편, 지옥을 떠날 때 했던 독안마효 공자청의 말이 귓전에 울렸다.

너는 우리들의 분신이나 마찬가지이니 절대로 어느 곳, 누구 앞에서도 꿀리지 말라고 하지 않았던가.

내가 여기서 약한 모습을 보인다면 다섯 사부를 욕되게 하는 것이라고 여기자 없던 배짱도 생겼다.

아랫배에 힘을 준 장팔봉이 음성을 착 깔았다.

"나를 무림맹으로 돌려보내 주시오."

'주시오?'

거령신마가 살짝 눈살을 찌푸렸다.

누구도 제 앞에서 저런 식으로 말한 자가 없지 않았던가.

하지만 그게 장팔봉의 말투라는 걸 그는 이미 알고 있었다. 처음 이곳에 잡혀왔을 때에도 그랬거니와, 지하 뇌옥 안에서도 그랬다는 걸 훤히 알고 있는 것이다.

그래서 괘씸하다는 생각도 들지만 한편으로는 이해하지 않을 수 없다.

"무림맹으로 말이냐?"

"그렇소."

"내가 왜 그래야 하지?"

"나를 다시 지옥으로 떨어뜨리지는 못할 것 아니오? 이곳에 붙잡아놓아도 아무 쓸데가 없지. 그러니 차라리 돌려보내는 게 귀찮은 일 하나를 더는 게 되지 않겠소?"

"내가 왜 너를 지옥으로 다시 돌려보내지 못할 것이라고 믿는 게냐?"

"돌아가면 그곳에 있는 자들을 죄다 이끌고 다시 나올 테니까."

"어떻게?"

"한 번 나왔던 곳인데 두 번 나오지 못할 리가 있겠소?"

"너는 나오는 길을 기억해 두었단 말이냐?"

거령신마가 믿을 수 없다는 듯 머리를 갸웃거렸다.

장팔봉은 가슴이 조마조마했다.

죄다는커녕, 제가 어떻게 나왔는지 한 걸음도 기억할 수 없었던 것이다. 하지만 여기서 그런 내색을 내비치면 그걸로 끝장이라는 건 너무나 뚜렷이 안다.

개패를 쥐고서 끝까지 시치미 떼는 게 큰 판에서 이기는 하나의 비결 아니던가. 배짱과 근성이 때로 큰 승부를 좌우하는 것이다.

믿지 못하겠으면 한 번 쫓아와 보라는 듯 태연히 바라보며 판돈을 올린다.

"내가 다른 건 몰라도 길눈 하나는 무섭게 밝소이다. 한 번 가본 곳은 염병하게 복잡한 곳이라도 절대로 잊어버리는 법이 없지. 그냥 눈감고서도 그대로 되짚어가거든."

"그래?"

거령신마가 믿을 수 없다는 듯 머리를 갸웃거리더니 장팔봉을 빤히 바라보았다.

진패인지 개패인지 알아보려는 건데 장팔봉의 느물거리는 얼굴만 봐서는 도무지 짐작할 수가 없었다.

'만약 저놈이 정말 지하 뇌옥 안의 수인들을 모조리 이끌고 나온다면 그건 감당할 수 없지.'

당백련 등 다섯 늙은 괴물들이 아직 건재해 있다는 걸 아는 이상 그로서는 함부로 모험을 할 수가 없었다.

"좋다."

기세 싸움에서 거령신마는 한 걸음 밀렸다.

한 번 그렇게 되면 거듭 밀릴 수밖에 없다는 걸 알지만 어쩔 수 없는 일이었다.

장팔봉이 이겼다는 느긋한 미소를 띠고 말했다.

"그럼 보내주시는 거요?"

"무림맹으로 말이지?"

"그렇소."

"맹주에게 봉명도의 위치를 말해주기 위해서?"

"그렇소."

다시 확인한 거령신마가 알 수 없는 미소를 지었는데, 무언가 기분이 나쁘면서 불안하게 만드는 그런 것이었다.

'제기랄, 뭐지?'

거령신마의 웃음 속에 감추어져 있는 꿍꿍이가 뭔지 알 수 없으니 더 불안해진다.

장팔봉이 그런 제 속을 내색하지 않듯이 거령신마도 시치미를 뚝 뗐다. 그의 얼굴 표정만으로는 아무것도 짐작할 수 없다.

第六章

무림맹이 망했다

鳳鳴刀
봉명도

무림맹이 망했다

넌지시 장팔봉을 바라보던 거령신마가 불쑥 물었다.

"나에게도 말하라고 한다면?"

"잘 아시면서 그러시오?"

고문 따위가 통하지 않으리라는 걸 거령신마도 안다. 형당의 뇌옥에 처넣었다가 어떤 결과가 되었는지 모르는 자가 없지 않은가.

멀쩡하던 귀면탈혼 당음지만 버려놓았다.

장팔봉이 그렇게 한 일은 지금도 패천마련 내에서 불가사의 중 하나로 꼽히고 있었다.

"말하지 않으면 너를 죽이겠다."

"그렇게 하지 못하실 거요."

"어째서?"

"그러면 영영 봉명도를 찾을 수 없게 될 테니까."

장팔봉이 빙긋 웃어주었다.

마음속으로는 초조하고 불안하기 짝이 없지만 이게 마지막 패라는 걸 잘 알기 때문이다.

한껏 여유와 느긋함을 가장해 보이지 않을 수 없다. 그래야 상대가 낚이거나 넘어온다.

"련주가 나를 만난 것도 실은 그것에 대한 욕심이 있어서 아니겠소? 그러니 더욱 나를 죽일 수 없지. 더 나아가 련주는 내가 절대로 죽지 않도록 온 힘을 다해 보호해 주어야 할걸?"

"……."

"내가 살아 있는 한 련주에게도 기회는 있소. 하지만 내가 엉뚱한 놈에게 맞아 죽기라도 한다면 하나뿐인 기회가 사라져 버리는 거지. 그렇지 않소?"

"흐흘, 너를 위해서 호위대라도 붙여줘야겠구나?"

"뭐, 그럴 필요까지는 없소이다. 그냥 이곳에서 곱게 내보내 주시면 그걸로 충분하오."

거령신마 무극전의 입가에 떠돌던 미소가 온 얼굴로 번졌다.

*　　　*　　　*

마밀천주 맹달이 잔뜩 불만 어린 얼굴로 투덜댔다.

"그놈이 어땠는지 아십니까? 맡겨놓은 걸 찾아가기라도 하듯이 돈까지 뜯어가더군요."

"그래?"

거령신마의 얼굴에 다시 미소가 떠올랐다.

"이 쥐새끼 같은 놈이 겁도 없이 제게 손을 불쑥 내밀지 뭡니까? 살려 보내주는 것만 해도 감지덕지할 일인데, 돈을 내놓으라는 겁니다."

그랬다.

장팔봉은 거령신마의 집무전을 나온 즉시 맹달에게 찾아갔고, 다짜고짜 손을 내밀었던 것이다.

"돈 없이 세상 살아갈 수 없잖아? 나를 석 달 동안 멋대로 임대했으니 임대료를 줘야지?"

맹달은 기가 막혀 할 말을 잃었다.

'뭐 이런 놈이 다 있나?'

빚쟁이처럼 눈을 부라리고 서 있는 장팔봉이 얄밉기 짝이 없었다. 그냥 패 죽여 버리고 싶기만 했다.

하지만 하늘 같은 련주로부터 곱게 보내주라는 명이 있었으니 함부로 발광할 수도 없다.

"끄응― 얼마면 되겠느냐?"

"삼천 냥, 현찰. 한 푼이라도 모자라면 여기 그냥 눌러앉아 버리겠어. 절대로 안 떠나."

"끄응―"

방귀 뀐 놈이 성낸다는 말을 들어는 보았지만 직접 보기는 처음이다.

맹달은 제가 오히려 장팔봉에게 어서 이곳을 떠나달라고 사정해야 하는 처지가 된 걸 이해할 수 없었다.

'왜 이렇게 되었지? 어디서부터 일이 이렇게 꼬인 거지?'

"줄 거야, 말 거야?"

"끄웅─"

그렇게 마밀천의 운영비 중에서 삼천 냥이라는 거금을 뜯긴 맹달의 속은 부글부글 끓었다. 화풀이할 데가 없으니 더욱 죽을 맛이다.

즉시 련주에게 달려와 하소연하는 건데, 그런 맹달의 속을 아는지 모르는지 거령신마가 무심한 어투로 말했다.

"방해하지 마라."

"예?"

"그놈이 어디서 무얼 하든 방해하지 말고 그냥 내버려 둬."

"너무 크게 봐주는 것 아닐까요?"

"……."

지그시 노려보는 거령신마 앞에서 맹달은 그 문제로 다시 입을 열 수 없었다. 그래서 다른 말을 꺼낸다.

"그리고… 왕년의 대마녀인 염라화 백무향이 덤으로 따라 나온 모양입니다."

"알고 있다."

"예?"

맹달의 눈이 휘둥그레졌다.

"그럼, 그 마녀도 그대로 두실 작정이십니까?"

"네가 막을 테냐?"

"그건……."

백무향이 예전의 악랄함과 고절한 무공을 그대로 지니고 있다면 그녀를 막을 사람이 몇 되지 않을 것이다.

맹달은 그녀는 제 손으로 어떻게 할 수 없는 존재라는 걸 생각하고 떨지 않을 수 없었다.

행여 무극전이 염라화 백무향을 추적해 잡아오라는 명령을 내릴까 봐서이다.

마밀천 전체가 나선다고 해도 그건 불가능한 일이다.

한동안 맹달을 지그시 바라보던 무극전이 태평하게 말했다.

"백 선배가 아무 말썽도 부리지 않고 스스로 이곳을 떠났다니 오히려 감사해야 할 일이지. 그녀 또한 내버려 둬라."

"존명!"

맹달이 살았다는 안도의 숨을 내쉬며 큰 소리로 복명했다.

"흘흘, 염라화 백 선배까지 덩달아 나왔으니 강호가 또 한바탕 시끄러워지겠군. 잘된 일이야."

"예?"

"꽉 막혀 있는 물은 언젠가 넘쳐흐르게 마련이다. 둑마저 무너뜨릴 위험이 크지. 그러므로 한 군데는 물꼬를 터놓아야 둑이 무사한 법이다."

"그럼 백 선배를 그 물꼬로……."

"나에 대한 불만이 백 선배로 인해 희석될 테니 이용 가치가

있지 않겠느냐?'

"……."

"백 선배가 사라졌으므로 지하 뇌옥의 균형이 깨진 셈이다. 다섯 노마존들도 더 의기소침해지겠지. 그러면 조만간 그들을 통제할 수도 있게 될 것이다."

"존명!"

맹달은 진심으로 탄복하여 바닥에 머리를 찧었다.

그렇게 해서 백무향은 아무 거리낌 없이 제 갈 길을 갈 수 있었고, 장팔봉은 패천마련의 마밀천에서 발행한 전표 다발을 쫙 펴고 부채질을 해가며 느긋하게 대신의가산을 내려올 수 있었다.

새로 태어난 기분으로 발아래 활짝 펼쳐져 있는 저 넓은 세상을 바라보며 한 걸음 한 걸음 다가가는 것이다.

*   *   *

"이 일은 반드시 우 공자가 해줘야 하오."

"사부님의 명령인가요?"

"그렇소."

"……."

우문한의 무표정한 얼굴이 점점 일그러졌다.

그놈과 다시 얽히기 싫은 것이다.

하지만 하늘 같은 사부의 명령이라니 따르지 않을 수 없다.

'호위라니? 내가? 이 비천혈검 우문한이 고작 그런 놈의 호위라고? 하―'

맹달이 우문한의 눈치를 보며 다시 말했다.

"그놈이 남천검왕 사자성에게 지하 뇌옥 안에서 알아온 걸 그대로 전해줄 리가 없소."

'나라도 그럴 것이다. 미쳤다고 있는 그대로 다 꺼내 보이겠어?'

"사자성도 그렇게 생각할 것이오. 그러니 결국 봉명도의 참된 진실을 아는 놈은 여전히 그놈 하나뿐인 거지. 그런데 우 공자도 알다시피 형편없는 놈이지 않소?"

'덜컥 뒈져 버린다면 봉명도는 영영 사라져 버리는 거지. 사부님의 희망도 물거품이 되어버리고. 음, 어쩔 수 없는 일인가?'

"그러니 누군가 끝까지 그놈 곁에 있어줘야 하는데, 련주께서는 우 공자보다 적합한 사람이 없다고 생각하신 것이외다."

이미 지하 뇌옥 안에서 안면을 텄고 서로를 잘 알게 되었으니 그럴 것이다.

맹달이 다시 말했다.

"그놈이 봉명도를 찾을 때까지만이오."

"찾은 다음에는?"

"흐흐, 물어볼 게 뭐 있소?"

"내가 죽여 버려도 상관없다는 거지요? 확실하게 해주서야 합니다."

"그게 바로 련주의 뜻이오."

그렇다면 마다할 수 없다.

'놈, 네 목은 반드시 내 손으로 따주고 말 테다.'

우문한의 입가에 차갑고 살벌한 미소가 떠올랐다.

*　　　*　　　*

무림맹이 망했다.

기어이 더 견디지 못하고 패천마련에 굴복한 게 석 달 전이라고 했다. 장팔봉이 지옥마전의 지하 뇌옥에 떨어지고 나서 얼마 지나지 않아 그렇게 되었던 것이다.

소림과 무당, 아미, 화산 등 무림맹의 기둥이었던 문파들은 봉문에 들어갔고, 백도의 쟁쟁한 고수 명숙들은 모두 뿔뿔이 흩어져 자취를 감추었다.

무림맹에 가세하여 패천마련과 싸웠던 여타의 방회나 세가, 무사들은 장차 닥칠 화를 두려워하며 강호에 발길을 끊었다.

바야흐로 강호는 완전하게 패천마련의 수중에 떨어진 것이다.

마도천하(魔道天下).

거령신마 무극전의 계획대로 무림이 생긴 이래 처음으로 완벽한 마도의 천하가 도래했다.

그러자 무극전은 더 이상 마도의 수장이 아니었다. 그는 강호를 일통한 대영웅으로 거듭났다. 온 무림이 그에 대한 칭송과 아부의 말들로 들끓었는데, 그칠 것 같지 않았다.

마도천하를 꿈꾸며 무극전에게 충성을 다했던 대마두들은 허망해졌다.

영광과 환희 뒤에 찾아온 깊은 허무가 그들을 지배했던 것이다.

더 이상 싸워야 할 상대가 없다는 것. 더 이상 매진할 목표가 없다는 건 그 무엇보다 무서운 일이었다.

"군림했으니 이제는 지배해야 한다. 패권을 잡기 위해서는 악착같은 마음이 필요했으나 지배하기 위해서는 온건한 마음과 관용이 필요하다. 나는 화합을 지향할 것이다. 이제 더 이상의 싸움은 없다."

무극전의 그 말이 마두들을 더욱 낙심하게 했다.

평생을 제멋대로 살아온 자들 아닌가. 죽이고 싶으면 죽였고, 빼앗고 싶으면 빼앗았다.

오직 힘만이 강호의 정의이고, 강자존(强者存)이야말로 변하지 않을 강호의 법칙이라고 굳게 믿어왔던 자들은 자신들의 그런 신념과 련주의 명령 사이에서 갈팡질팡했다.

여태까지 한 번도 지배자의 입장에 서보지 못한 자들이다.

그런 자들이 거령신마에게 발탁되어 갑자기 지배자의 반열에 오르고 나자 제 스스로 혼란스러워하지 않을 수 없었다.

거령신마의 뜻은 확실했으나 그 휘하의 대마두들은 제 평소의 사고방식을 어떻게 련주의 뜻에 동화시켜야 하는 건지 알지 못했기 때문이다.

그래서 강호의 곳곳에서는 거령신마의 의도와는 달리 분쟁과 혼란의 조짐이 보이기 시작하고 있었다.

일부 거마들 사이에서는 거령신마에 대한 불만의 말들이 오가기도 했다.

그것이 아래로 퍼지기 시작하면 걷잡을 수 없을 것이다.

패천마련이 강호를 제패한 지 불과 석 달이 지났을 뿐인데 그런 불만들이 터져 나오는 건 거령신마로서도 마뜩치 않은 일이었다.

하지만 저를 따르는 자들이 어떤 자들인지 잘 아는지라 이해하지 않을 수도 없다.

무조건 막아두는 것만이 능사가 아니다. 거령신마는 그 대책을 생각하지 않을 수 없었다.

자신에 대한 불만이 같은 마도의 무리들 사이에서 터져 나온다면 그건 무림맹의 잔당들이 터뜨리는 것보다 더 심각한 타격이 될 수도 있으니 더욱 조심해야 하는 것이다.

방법은 하나밖에 없었다. 불만의 물길이 자연스럽게 빠져나갈 수 있는 한 가닥 물꼬를 터놓는 것이다.

'하지만 대체 무엇으로? 어떻게?'

그 일을 고민하고 있던 중인데 염라화 백무향이 덜컥 나왔으니 거령신마에게는 반갑기만 한 일이었다. 운이 아직 저에게 있다고 믿지 않을 수 없다.

마도천하의 암중에 그런 일이 생기고 있을 때, 무림맹에 가담했던 제 문파와 세가, 방회, 무관에 속한 자들은 안도의 한숨을 쉬었다.

거령신마가 평화를 선언했기 때문이다. 그 말은 적어도 강호를 뒤덮을 잔인한 피의 숙청은 없을 것이라는 약속의 말이기도 하지 않은가.

패천마련에, 아니, 이제는 유일무이한 강호의 절대자가 된 거령신마 무극전에게 대항하지 않는 이상 목숨과 명맥은 유지할 수 있을 것이다.

그건 그나마 남아 있던 한 가닥 저항의 의지마저 꺾어버리기에 충분한 무극전의 선물이었다. 그래서 무림맹의 잔당들은 투지를 버리고 저와 제 가문, 문파를 지키기 위해 몸을 사릴 뿐, 감히 강호에 나설 생각을 하지 못했다. 완전히 기가 꺾여버린 것이다.

*   *   *

"제기랄, 이게 무슨 날벼락이냐."

패천마련의 총단에서 나와 대신의가산을 내려온 즉시 무림맹이 망했다는 소식을 들은 장팔봉은 하늘이 무너지고 땅이 꺼지는 것 같았다.

저를 꾀어 지하 뇌옥에 들어가도록 한 신임 무림맹주 아니었던가.

그 남천검왕 사자성이 결국 더 버티지 못하고 항복을 선포해 버렸다는 말을 들은 장팔봉은 기가 막히고 어이가 없었다.

"이렇게 될 줄 알았으면 내가 미쳤다고 그 지옥에 들어가서 고생을 자초했겠어?"

그런 후회와 울화통이 치밀어 제 가슴을 두드리지만 이미 정해져 버린 사실을 바꿀 수는 없다.

"마두새끼는 그저 마두새끼일 뿐이다. 그런 놈이 강호를 제패했다고 해서 갑자기 천사가 될 수 있겠어? 흥, 온건한 마음과 관용이라고? 개가 풀 뜯는 소리지. 나는 절대로 믿지 않는다."

무극전에 대한 증오심이 더 커지는 건 그가 가증스럽게도 자기 자신을 속이고 세상을 속이려 한다고 믿기 때문이었다.

"제 자신에게 솔직하지 못한 새끼들은 죄다 대갈통을 쪼개서 똥물에 담가 버려야 해. 나는 거짓말하는 새끼들이 제일 싫어."

잠깐 생각하더니 보충한다.

"제 주둥이로 한 약속을 안 지키는 새끼들도."

세상은 새로운 불안에 잠겨 있었고, 인심도 그래서 흉흉하기만 했다.

어찌 되었든 세상 사람들은 관과 강호의 영향력에서 벗어나 살 수가 없지 않던가. 관이 드러내 놓고 영향력을 행사한다면 강호는 보이지 않게 한다는 차이가 있을 뿐이다.

관의 치안력보다 강호의 폭력을 늘 가까이 두고 사는 게 백성들의 삶이다 보니 강호 질서의 개편 앞에서 죄다 몸을 사리고 경계하지 않을 수 없다.

게다가 불과 석 달 만에 마도 자체에서 분란의 조짐이 보이고 있으니 더욱 가슴을 졸이게 된다.

지난 사흘 동안 몇 개의 마을을 지나면서 장팔봉은 세간의 그런 분위기를 충분히 느낄 수 있었다.

"사부님 볼 면목이 없는걸."

무림의 정의를 구현해야 한다면서 한사코 무림맹에 들어가고자 했던 늙은 사부를 생각하자 한숨이 나왔다.

사부의 그 뜻을 이루어 드리겠다고 덜컥 무림맹에 들어갔고, 열심히, 최선을 다해서 싸워왔지 않던가. 그런데 그 모든 게 허사가 되었으니 허망하고 신경질난다.

"병신 같은 것들."

무림맹의 높은 자리에 있던 자들 모두에게 절로 욕이 나왔다. 그것들이 제 역할을 충실히 해주었다면 무림맹이 이처럼 허망하게 무너져 버렸을 리가 없다고 생각하자 더욱 미워진다.

"쳐 죽일 새끼들. 역적 같은 놈들."

무림맹주고 뭐고 제 앞에 있다면 몽땅 패 죽여 버리겠다는 듯 눈을 부라리며 허공을 향해 주먹질을 해댔다.

"그나저나 무림맹 총단은 여전히 잘 있나 몰라? 맹주도 여전히 거기 있을까?"

무림맹이 망했다니 안탕산 총단의 일이 걱정되는 건 아직 제 임무를 완수하지 못했기 때문이다.

무림맹 총단이 여전하고, 거기 맹주 사자성이 있어야 그에게 봉명도가 어디에 있는지 말해줄 것 아닌가. 그래야만 임무가 완수된다.

무림맹이 망한 것과 제 임무와는 상관없다고 생각하는 장팔봉이었다. 어쨌든 맹주와 약속을 한 것이니 지켜야 한다는 게 그의 신념이고 의지인 것이다.

그런 다음에야 자유롭게 저 하고 싶은 대로 하며 살 수 있다.

무림맹이 망했다니 제일 먼저 걱정이 되는 사람은 이가춘과 왕소걸이었다.

신참 주제에 뒈지지도 않고 끝까지 잘 따라와 주지 않았던가.

마지막 매복 임무를 마치고 그놈들은 각기 풍운조와 뇌신조의 조장이 되었다. 그것까지만 보고 자신은 총단으로 불려갔다.

"그놈들이라면 어떻게든 뒈지지 않고 살아 있을 거야. 징그러운 놈들."

그들의 어리버리하던 모습을 떠올리면 웃음이 난다.

보고 싶어졌다.

대체 어디에서 무얼 하는지 알 수 없으니 더 그렇다.

어쨌든 지금은 우선 이 지긋지긋한 대신의가산을 벗어나고 봐야 한다. 다시는 돌아보고 싶지도 않다.

그 생각으로 장팔봉은 밤낮을 가리지 않고 부지런히 걸었다.

*   *   *

"파하—"

절로 한숨이 나왔다.

근 한 달여에 걸쳐 한눈팔지 않고 뚜벅뚜벅 걸어 도착한 안탕산인데 예전의 그 안탕산이 아니었던 것이다.

그곳의 썰렁하고 서글픈 기운이 백여 리에 걸쳐 퍼져 있는 것 같다.

다행히도 아직 무림맹 총단은 그대로 있다고 했다.

거령신마가 상징적인 의미로 놔둔 것이다.

저 멀리, 울창한 숲 너머로 무림맹 총단의 붉은 성곽이 보였다. 뱀처럼 구불거리며 산 능선을 감싸고 있는 그것을 보면서 장팔봉은 생각보다 거령신마의 그릇이 크다는 걸 인정하지 않을 수 없었다.

마두도 대마두가 되려면 역시 시시한 마졸들과는 다른 품격을 가지고 있어야 할 것이다.

포악하고 무공만 높아서야 그냥 그럭저럭 마두 소리를 듣는 데 그치고 말지, 절대로 패자가 될 수 없는 게 이치다.

지도력이라는 게 있어야 하는데, 그건 관용과 결단력을 겸비해야 하는 것 아니던가.

결단력은 있지만 관용이 없다면 포악하다는 비난을 면할 수 없고, 관용이 있을 뿐이면 흐리멍덩하다는 비난을 받는다. 그래서야 지도자가 될 수 없다.

이것도 저것도 없으면서 운 좋게 우두머리가 된 자가 오래 가는 일은 없다.

강호에서는 물론, 작게는 한 집단의 우두머리가 되거나, 크게는 한 나라의 군주가 되어도 마찬가지다.

그런 생각들을 하면서 장팔봉은 자신을 돌아보게 되었다. 나는 어떤가? 하는 의문을 스스로에게 던지자 머리가 갸우뚱해진다.

"뭐, 상관없지. 처음부터 우두머리니, 지도자니 하는 것에는 관심도 없었잖아? 귀찮을 뿐일 텐데 그런 걸 뭐 하러 해? 그냥 나 하고 싶은 대로 하면서 사는 게 최고다. 자존심만 팍팍 세울 수 있으면 말이야."

그렇게 되려면 그만한 실력을 지니거나 돈을 가져야 한다는 데에는 다른 생각이 있을 수 없다.

장팔봉은 제 가슴을 더듬으며 흐뭇해졌다. 거기 삼천 냥이라는 거금이 들어 있기 때문이다.

"돈은 이만하면 그럭저럭 궁하지 않을 것이고… 그럼 실력은?"

아직 모른다.

다섯 마종들의 절기를 하나씩 물려받았지만 아직 제대로 된게 아니고, 한 번도 시험해 보지 못했으니 그렇다.

"뭐, 어떻게 되겠지."

잠시 생각하던 장팔봉은 편하게 생각하기로 했다. 지금은 운이 저에게 있으니 언젠가는 다 잘될 거라고 믿자 마음이 넉넉해졌다.

그러는 동안 무림맹 총단에 가까워졌다. 저만큼 웅장하게 솟아 있는 성문이 보인다.

늘 활짝 열려 있고 무림맹에 참여한 문파며 세가, 무관들의 깃발이 숲처럼 빽빽하게 꽂혀 있던 곳인데 지금은 을씨년스럽기만 했다.

굳게 닫혀 있을뿐더러, 깃발은커녕 위사 한 명 보이지 않으니 그렇다.

문도 제대로 잠겨 있지 않아서 빠끔히 열려 있다.

"허망하군, 허망해."

벌써 몇 번이나 그렇게 중얼거렸는지 모른다. 장팔봉은 마치 그 말밖에 모르는 사람인 것 같았다.

텅 빈 정원을 지나면서 중얼거렸고, 아직도 우람한 자태 그대로인 팽나무를 보면서 중얼거렸으며, 을씨년스런 전각의 돌계단에 걸터앉아 그렇게 중얼거렸다.

귀신들의 소굴이 된 것 같은 이 넓은 성안에 남아 있는 사람이라고는 오직 무림맹주인 남천검왕 사자성과 그의 시중을 들어줄 몇 사람뿐이었다.

그는 이곳에 유폐된 것과 다름없었다. 무림맹 총단 밖으로는 한 발도 나갈 수 없는 것이다.

수많은 호위들을 거느렸던 그 위세가 처량하기 짝이 없는 신세로 전락했으니 그것도 허망하기만 하다.

천천히 전주의 거처인 웅풍대전(雄風大殿)의 돌계단을 올라가면서 장팔봉은 다시 '허망하군, 허망해' 하고 중얼거렸다.

두리번거리는 건 언제나 근엄한 모습으로 서 있던 맹주의 수신호위들을 찾는 것이고, 장로며 전주, 각주, 당주들을 찾는 것이다.

있을 리가 없다.

모두 죽었다면 귀신이라도 되어 나타나 주었으면 좋겠다고 생각한다.

그러면 그들에게 하고 싶은 말이 있는 것이다.

"에라, 이 똥물에 튀겨 죽일 놈들아! 사내로 태어나서 큰일을 이루기는커녕 무림맹 하나 지키지 못하고 뒈져 버려? 맹주 혼자 달랑 남겨두고 모두 뒈져 버렸단 말이지? 에이, 병신 같은 것들. 퉤!"

그 말을 하고 싶어서 미치겠는데, 들어줄 사람이 아무도 없으니 더 환장할 일이다.

할 수 없다. 현실이다. 혼자서 부정하고 툴툴거린다고 바뀔 리도 없지 않은가.

체념한 장팔봉은 더 이상 이곳에 있고 싶지 않았다. 오랫동안 타향을 떠돌다가 어찌어찌 고향에 돌아와 봤더니 그새 재개발 바람이 불어서 싹 변해 버렸다면 어떻겠는가.

산이며 들이며 개울이며 죄다 사라지고 낯선 도시가 되어버린 고향 마을을 멍하니 바라보는 심정이 어떨 것인가.

정나미가 천리만리 달아나 버려서 다시는 돌아보고 싶지도 않을 것이다. 아니면 그렇게 만든 놈을 찾아 패 죽이고 싶지 않을까?

지금 장팔봉의 심정이 그랬다.

얼른 무림맹주에게 제가 알아온 걸 가르쳐 주고 이곳을 뜨고 싶은 마음뿐이었다.

다시는 돌아오지 않을 것이고, 다시는 생각하지도 않을 것이다.

처음 사자성과 대면했던 그 대전 안으로 성큼 들어섰다. 텅 비어 있다. 을씨년스럽기 짝이 없다.

어두컴컴한 그곳에 한 사람이 처음과 마찬가지로 앉아 있었다. 높은 단 위의 보좌는 여전하고, 그곳에 앉아 있는 사람도 여전한데 세상은 바뀌었다.

장팔봉이 그 사람을 향해 뚜벅뚜벅 걸어갔다. 대전 안에 그의 발소리가 공허하게 울린다.

"다녀왔소이다."

"수고했다."

"……."

더 할 말도 없다. 두 사람 모두 같은 심정인지는 모르나 약속이라도 한 듯 침묵을 지켰다.

한참 동안 그렇게 높은 곳과 낮은 곳에서 서로를 마주 보던 두 사람이 동시에 말했다.

"알아왔소."

"알아왔느냐?"

그리고 다시 침묵. 지루하다.

사자성이 가볍게 탄식하고 입을 열었다. 그의 음성이 대전 안에 웅웅 울린다.

"적무광 전대 맹주께서는?"

"한 많은 이 세상 가뿐히 뜨셨소."

"음, 결국 그렇게 되었군."

장팔봉은 사자성의 얼굴에 비통함과 안타까움, 절망이 가득해지는 걸 보았다.

한동안 멍하니 허공을 응시하던 사자성이 다시 말했다.

"결국 이제 희망은 하나만 남고 말았다. 봉명도를 찾아 그 안의 절세도법을 익히는 것이지. 그러지 않고서는 패천마련의 그늘에서 영원히 벗어날 수 없을 것이다."

"안 물어볼 거요?"

"듣자."

"내려오시겠소? 아니면 내가 올라가리까?"

"네 수고에 비하면 내가 이까짓 몇 계단을 내려가는 게 일이겠느냐?"

사자성이 몸을 일으켰다. 천천히 계단을 내려온다.

장팔봉의 눈에는 그가 단지 단 위에서 내려오는 게 아니라 무림맹주였던 신분에서 내려오는 걸로 보였다. 고귀하던 몸이 강호의 바닥으로 내려오는 것이다.

장팔봉의 면전에 우뚝 선 사자성이 이글거리는 눈으로 노려 보듯 바라보았다.

장팔봉이 그 눈길을 똑바로 받으며 말했다.

"내가 들은 건 한 사람이 있는 곳이었소."

"봉명도가 아니고?"

사자성의 얼굴에 즉시 실망과 의심이 떠오른다. 장팔봉은 모르는 척 제 말을 했다. 태연하다.

"적 맹주도 그건 모르고 있습디다. 다만 그 사람에게 찾아가면 모든 걸 알게 된다는 말만 했소."

"누구냐? 어디 있지?"

"육수천. 기련산 풍화곡."

"육수천? 기련산 풍화곡?"

사저성이 머리를 갸웃거렸다. 한 번도 들어본 적이 없는 이름이었던 것이다. 육수천(陸壽千)이라는 이름도 그렇고 풍화곡(風火谷)이라는 곳에 대해서도 그렇다.

거짓말은 아니겠지? 하는 얼굴로 장팔봉을 지그시 눌러본다.

장팔봉도 '나는 거짓말할 줄 몰라' 하는 얼굴로 사자성을 마주 노려보았다.

두 사람의 눈길이 허공에서 부딪쳤다. 불똥이 튀는 것 같다.

"좋다. 그 사람이 어떻게 생겼다고 하더냐?"

"모르오."

"몰라?"

"적 맹주에게 그걸 물을 형편이 아니었고, 맹주 또한 그것까지 말해줄 여유가 없었소."

"……."

이걸 믿어? 말어? 하는 갈등이 사자성의 얼굴에 가득했다. 점점 믿을 수 없다는 쪽으로 마음이 기울어진다.

그 눈치를 챘으련만 장팔봉은 여전히 태연하게 말했다.

"당신이 믿든 말든 나하고는 이제 상관없소. 나는 약속을 지켰고, 임무를 끝마쳤으니 가겠소. 다시는 돌아오지 않을 거요."

"……."

"이제부터는 사 맹주 당신의 일이니 더 이상 나를 부려먹을 생각 마시오. 그럼 가오."

"너는 관심이 없단 말이냐?"

멈칫.

몇 걸음 떼어놓았던 장팔봉이 사자성의 그 말에 걸음을 멈추었다. 돌아보지는 않는다.

'사실대로 털어놔? 아니, 감추어야 하나? 거짓말을 해?'

잠시 망설이던 그가 결연하게 말했다.

"관심이 있소."

"그래? 그렇다면 찾을 작정이냐?"

"그렇소."

"내가 허락하지 않는다면?"

"무림맹은 망했고, 나는 더 이상 무림맹의 수하가 아니오. 그러니 이제는 사 맹주의 명령을 들을 필요 없지 않겠소?"

"……."

"왜? 나를 죽여서 입을 막으시려고?"

"……."

"하지만 당신은 그렇게 할 수 없을 것이오."

"어째서?"

"자존심이 허락하지 않을 테니까."

"자존심……."

"무림맹주라는, 아니, 이었다는 분이 그런 비열한 짓을 한다면 패천마련의 마졸들과 다를 게 없지. 그렇지 않소?"

"하아—"

"물론, 여기 있는 것들을 죄다 죽여 버린다면 감쪽같겠지. 하지만 세상은 속일 수 있어도 자기 자신은 속일 수 없을 것이오. 그렇지 않소?"

한동안 침묵하던 사자성이 불쑥 말했다.

"나는 이곳을 떠날 수 없다. 한 걸음이라도 밖으로 나가면 그 즉시 패천마련의 추적을 받게 되지. 그리고는 붙잡혀서 전대 맹주처럼 지하 뇌옥에 떨어지는 신세가 될 것이다. 하지만 너는 이제 거리낄 게 없지."

"그 말은 나더러 봉명도를 찾아서 가지고 오라는 거요?"

"네가 나를 위해 그렇게 해줄 리가 없겠지?"

'이 어설픈 너구리야. 네 속마음을 내가 모를 줄 아냐? 내 말을 의심하고 있는 거잖아. 내가 사실대로 털어놓지 않았으니 기련산에 가봐야 헛일일 게 뻔하다고 생각하는 거지? 그러니

차라리 내가 찾기를 바라는 거야. 그럼 냉큼 빼앗으면 그만이니까.'

빙긋, 의미있는 미소를 띠고 한동안 사자성을 바라보던 장팔봉이 퉁명스럽게 말했다.

"흥, 그걸 찾았는데 미쳤다고 당신에게 갖다 바치겠소?"

"너는 너무 솔직하구나. 그게 탈이 될 수도 있다는 생각은 안 해보았느냐?"

"탈이 될망정 거짓말은 안 해. 아니, 못해. 그게 천성인 걸 어쩌겠소?"

"만약 네가 봉명도를 찾는다면 무엇에 쓸 작정이냐?"

"천하제일의 고수가 되어 군림하는 거지. 당연한 일이지 않소?"

"그렇지. 천하제일의 고수가 되어서 강호를 발아래 두어야지. 나 또한 그런 꿈을 가지고 있다."

"그럼 이제부터 경쟁을 해봅시다. 누가 그것의 주인이 되는지."

"……."

"하지만 안타깝게도 당신은 이곳에서 꼼짝할 수 없으니… 이래서는 불공평한 경쟁이 되겠지만 뭐, 어쩔 수 있소? 당신이 원한 상황도 아니고 내가 만들어준 상황도 아닌데. 그저 이게 다 운명이려니 하고 여길 수밖에."

말을 멈추고 그의 생각을 읽고 말겠다는 듯 빤히 사자성을 바라보던 장팔봉이 불쑥 물었다.

"뭐 하나 물어봐도 되겠소?"

"말해라."

"내가 풍운조장으로 있었을 때 말인데… 그때 멍청한 두 놈을 끝까지 데리고 있었거든. 이가춘과 왕소걸이라는 놈들이라오. 그놈들이 죽었는지 살았는지, 살았다면 어디 있는지 혹시 아시오?"

사자성이 머리를 갸웃거렸다. 난감해하는 얼굴이다. 그걸 본 장팔봉이 혀를 찼다.

"제기랄, 그만두쇼. 대무림맹주께서 그까짓 최일선 전초대에 속한 말단 매복조의 밑바닥 인생 두 개를 알 리가 없지. 이래서 존재감없는 놈들은 불쌍하다니까. 윗대가리라는 것들은 실컷 부려먹기만 할 뿐 그것들이 뒈지든 살든 조금도 관심을 갖지 않거든. 이제 진짜로 가겠소."

더 볼일이 없다는 듯, 잡을 테면 잡고 죽일 테면 죽여보라는 듯 저벅저벅 대전을 걸어나간다.

그런 장팔봉의 등을 노려보는 사자성의 얼굴이 수십 번도 넘게 변했다.

"휴우—"

하지만 그는 끝내 한마디도 하지 못했고, 긴 한숨 소리만 텅 빈 대전 안에 공허하게 울려 퍼졌다.

죽여 버리자니 꺼림칙한 게 남았던 것이다. 마밀천주 맹달의 추측처럼 사자성 또한 장팔봉의 말을 그대로 믿지 않았기 때문이다.

'저놈이 제가 알고 있는 걸 다 털어놓았을 리가 없다.'

사자성은 저라도 그랬을 것이라고 생각했다. 장팔봉에 대한
의심이 더욱 커진다.

그가 다 털어놓은 게 아니라면 여전히 봉명도에 대한 비밀
을 쥐고 있는 사람은 장팔봉 한 사람뿐이었다.

그러니 거령신마 무극전이 그랬듯 사자성 또한 장팔봉을 죽
일 수 없었다.

第七章
불귀림(不歸林)의 귀택호(鬼宅湖)

鳳鳴刀
봉명도

불귀림(不歸林)의 귀택호(鬼宅湖)

"에잇, 못난 것들. 퉤!"

장팔봉이 발아래 걸쭉한 침을 뱉었다.

돌아보면 아직 무림맹의 성곽이 보이련만 끝내 돌아보지 않았다. 돌아보고 싶은 마음조차 사라진 것이다.

이제는 자유로운 몸이다.

무림맹의 일원으로서 부여받았던 마지막 임무마저 깨끗하게 해치웠으니 더 이상 거리낄 것도 없다.

저를 옥죄고 있던 모든 것에서 완전히 풀려났다고 생각하자 기쁘기보다 허탈한 마음이 되었다.

그래서 장팔봉은 문득 걸음을 멈추고 졸졸 흐르는 맑은 개울가에 철푸덕 주저앉았다.

안탕산 남쪽 기슭에 있는 텅 빈 골짜기였다. 길도 없고 인적도 없다.

들려오는 건 오직 나뭇가지 흔들어대는 바람 소리와 졸졸거리며 흘러내리는 맑고 시원한 개울물 소리뿐이다.

그 한가로운 고요 속에서 장팔봉은 어리둥절해져 있었다.

지고 있던 무거운 짐을 갑자기 벗어놓았을 때처럼 홀가분하면서도 허전했던 것이다.

얼마나 그렇게 무겁고 적막한 시간이 지났을까.

장팔봉은 조금씩 현실을 바라보게 되었다. 빠르게 익숙해져 간다.

그러자 저만큼 멀어져서 보이지 않았던 '목표'가 선명하게 보이기 시작했다.

"봉명도를 찾아야지."

바로 그것이다.

지옥에서 만난 다섯 노사부의 명령이면서 당부이기도 하고, 저에게 지금 가장 절박한 일이기도 하지 않은가.

기련산은 멀다. 북쪽 끝이니 대륙을 가로질러 가야 한다. 수만 리 길을 터덜터덜 걸어갈 생각을 하자 한숨이 절로 나왔다.

"염병, 안탕산에도 이렇게 깊고 적막한 골짜기가 쌔고 쌨구만 하필 기련산이야? 여기 어디라면 좀 좋아?"

제 처지를 투덜거릴 수 있을 만큼 현실로 돌아온 것이다.

그게 장팔봉의 장점 중 하나였다.

무엇도 심각한 게 없다.

아무리 괴로운 일도 잊겠다고 마음먹으면 돌아서는 즉시 싹 잊어버릴 수 있었던 것이다.

그러면 새로운 마음과 각오로 새로운 길을 개척해서 전력투구할 수 있다.

"천 리 길도 한 걸음부터라니 수만 리 길이면 수십 걸음부터 시작되는 셈인가? 뭐, 어렵지 않네."

일어나 엉덩이를 툭툭 털고 뚜벅뚜벅 걸었다.

"…스물아홉, 서른."

멈추어 서서 씩 웃는다.

"됐어. 이제 시작된 거야. 까짓, 가고 또 가면 기련산이 아니라 세상 끝까지인들 가지 못하겠어?"

씩씩하게 산을 내려가기 시작했다.

그리고 그날 밤, 무림맹 총단의 성벽을 훌훌 날아 넘어 사라진 하나의 검은 그림자가 있었지만 세상은 아무것도 알지 못했다.

*   *   *

열흘 뒤.

장팔봉은 안탕산을 까마득히 등 뒤에 두고 있었다.

그동안 오백여 리를 왔으니 유람이라도 하듯 쉬엄쉬엄 걸은 셈이다. 기련산까지는 앞으로도 창창하게 남은 길인데 급하게 서둘 필요가 없다고 여긴 때문이었다.

북서쪽으로 방향을 잡고 있으니 필연적으로 금화(金華)를 지나지 않을 수 없고, 그러면 육동산(六洞山)을 넘어 부춘강(富春江)과 만나지 않을 수 없다.

그러면 그 물줄기를 따라 순안현(淳安縣)을 지나야 비로소 절강을 벗어나 강서 땅으로 들어설 수 있게 되는 것이다.

금화까지는 사람들과 차마의 왕래가 많고 번화한 대로가 이어져 있었다. 하지만 그곳을 지나 육동산에 가까워지자 길은 여러 갈래로 갈라지고 좁아졌으며 갈수록 험해졌다.

육동산 아래에는 순림(巡林)이라고 하는 곳이 있었다.

울울창창한 소나무 숲이 무려 일백여 리에 걸쳐 펼쳐져 있는 곳인데, 그 속에 들어가면 한낮에도 햇빛을 볼 수 없어 어두컴컴했다.

길이 제멋대로 나 있고, 그것보다는 인적이 오랫동안 끊어진 면적이 몇십 배, 몇백 배나 더 넓다.

한 번 길을 잘못 들면 며칠을 헤매어야 겨우 벗어날 수 있는 원시 송림인 것이다.

남송의 수도였던 항주에서 출발하여 복건이나 광동으로 가는 길의 딱 중간쯤이기도 하다. 당시에는 이 길이 남쪽으로 유배를 보내는 죄수들의 호송로였다.

수천 리 길을 죄수를 호송해 가야 하는 관원들은 귀찮은 그 일에서 벗어나기 위혜 종종 중간에서 죄수들을 죽여 버리고 돌아가는 일이 있었다. 위에는 객사했다는 보고서를 올리면 그만이다.

그 일이 바로 이 송림 속에서 일어나곤 했으므로 사람들은 이곳을 달리 불귀림(不歸林)이라고 불렀다.

그때와 다름없이 지금도 음침하고 음산한 것이 대낮에도 귀신들의 호곡성이 들릴 것만 같았다.

이곳에서 맞아 죽고 찔려 죽고 밟혀 죽은 죄수들이 얼마나 될 것인가.

흉악한 놈들일수록 심성 또한 그럴 테니 죽은 뒤에도 곱게 저승으로 돌아갈 리가 없다.

원귀가 되어서 산 사람들을 끝까지 괴롭히지 않겠는가.

그런 귀신들의 한을 덮어썼는지, 지금 불귀림에는 온갖 흉악한 도적들이 들끓고 있었다.

적게는 서너 놈이 모인 무뢰배들로부터 많게는 일백여 명이나 되는 도당을 이룬 도적의 무리들까지 숨어 있었던 것이다.

멋모르고 지나가는 나그네의 목숨과 재물을 강탈하는 게 그 놈들의 생업인지라 자비가 있을 수 없다.

그래서 꼭 이 길을 지나가야 하는 사람들은 십여 명씩 무리를 이루거나, 무력이 뛰어난 무사를 호위로 삼았다. 그렇지 않고서는 한 발짝도 불귀림에 발을 들여놓지 않으려고 했던 것이다.

바로 그 불귀림에 이르러서 장팔봉의 발길에 제동이 걸렸다.

불귀림 복판에는 제법 넓고 운치있는 호수가 하나 있었다.

아름드리 소나무 숲에 둘러싸여 있으므로 한 폭의 그림과 같은 곳인데, 이름만은 끔찍하게도 귀택호(鬼宅湖)라고 했다.

불귀림에서 죽은 자들의 원혼이 머물러 사는 호수라는 전설이 있기 때문이다.

그 귀택호 남쪽 주변은 갈대가 무성했다. 사람 키를 웃돌 만큼 자란 갈대밭 너머로 보이는 은빛 호수는 처음 보는 사람들의 눈을 황홀하게 하고 마음을 상쾌하게 한다.

하지만 귀택호의 정체를 아는 자들은 누구도 그 갈대밭으로 들어가려 하지 않았다.

불귀림 내에서도 절대 들어가지 말아야 하는 불귀처가 바로 귀택호의 갈대밭이었던 것이다.

그곳에 오래전부터 허름한 객잔 하나가 있다는 걸 아는 사람은 그리 많지 않다.

귀택호에서도 가장 풍광이 수려한 곳에 그림처럼 자리 잡고 있는 객잔은 가히 시인 묵객들이 단골로 삼아도 좋을 그런 곳이었다.

'풍우주가(風雨酒家)'라는 이름이 불길하기는 해도 무슨 상관이 있겠는가.

하지만 그곳이야말로 귀신들의 집인지도 모른다. 그렇지 않다면 아는 사람이 별로 없을뿐더러, 찾아오는 사람의 발길도 뚝, 끊겼을 리가 없지 않은가.

그런데 대부분의 사람들에게서 잊혀졌던 그 풍우주가에 몇 달 전부터 꾸준히 사람들이 찾아오기 시작했다.

그래 봐야 가뭄에 콩 나듯이 드문드문 손님이 들 뿐이지만, 그동안의 영업 실적에 비추어보면 그건 가히 기적과 같은 일이었다.

하나의 소문 때문이었다.

─그곳에 가면 천하제일의 미녀를 감상할 수 있다.

그 소문은 알게 모르게 입에서 입으로 전해져 어느덧 불귀림을 술렁이게 하는 하나의 바람이 되어갔다.

─하지만 손대면 죽어.

천하제일미녀에 대한 말 뒤에는 반드시 그런 말이 따라붙었다. 그러면 사람들은 부르르 몸을 떨고 다시 주저앉는다.

"왜?"

"귀신이니까 그렇지."

"쳇, 요즘 세상이 어떤 세상이라고 귀신 타령이오?"

"어허, 귀택호라는 이름을 듣고서도 그러시오? 요귀들이 득시글거리는 곳이야. 요괴가 당신같이 맹한 사람들을 유혹해 들이려고 천하제일의 미색으로 둔갑해서 꼬리를 흔드는 곳이지."

장팔봉이 알고 있는 천하제일의 미색이라면 강호삼보 중 당당히 두 번째 자리를 차지하고 있는 삼선밀교(三仙蜜嬌) 진소소(秦素昭)였다.

벌써부터 강호에 우레처럼 울리는 그녀의 이름을 들었지만 별로 관심을 두지는 않았다.

그처럼 고귀한 신분을 가지고 있는 미녀와 저와는 인연이 없을 게 틀림없다고 믿었기 때문이다.

'설마 그 진소소가 이런 빌어먹을 곳에 와 있는 건 아니겠지?'

잠깐 그런 생각도 들었지만 제 스스로도 어이가 없어서 피식 웃고 말았다.

천하제일의 미녀이면서 천하제일의 부를 가지고 있다는 그녀가 이런 곳에서 빌어먹을 객잔이나 운영하고 있을 리가 없지 않은가.

장팔봉이 혼자서 히죽거리다가 심각해지곤 하는 걸 물끄러미 바라보던 주인 영감이 혀를 차고 말했다.

"어쨌거나 행여 그곳에 가보려는 생각은 하지 말게. 날고 긴다는 자들도 꺼려하는 곳인데, 맹하고 어리버리한 자가 가봐야 뻔하지 않겠나?"

"맹하다니? 어리버리하다니? 아니, 내가 그렇게 보인단 말이오? 이, 씨앙―"

"아니면 말고. 그런데 사내 얼굴을 보니까 벌써 그 요괴의 주문에 걸린 것 같군. 고작 이야기를 들었을 뿐인데도 말이야."

"그러니 맹하고 멍청하다?"

"아니면 말라니까 왜 화를 내고 그러나 몰라? 나는 순전히 자네를 위해서 해준 말인데 말이야."

"여기 얼마야!"

"두 냥 세 푼."

탁자 위에 신경질적으로 다섯 냥짜리 은괴를 내던진 장팔봉이 호기롭게 소리쳤다.

"나머지는 가지쇼. 천하제일 미색이 있다는 정보를 준 대가요."

"흘흘, 나야 고맙지만… 정말 가보려고?"

"젠장할. 가지 말라는 말보다 더 무섭군. 당신 호객꾼 아니야?"

"호객꾼이라니? 내가 할 짓이 없어서 멀쩡한 사람을 그런 귀신 소굴로 유인하겠어? 사람을 어떻게 보고 그런 말을 하는 거야?"

맹하고 어리버리한 놈이 멀쩡한 사람으로 바뀌는 건 순식간이었다. 은괴 한 덩이의 위력이다.

"아니면 말고."

씩씩하게 돌아서서 나가는 장팔봉을 보던 주인 영감이 혀를 찼다.

"쯧쯧, 요즘 젊은것들은 저래서 문제야. 도대체 진득한 맛이 없어. 미녀라면 그저 당장 뒈질망정 어떻게 해보려는 생각뿐이니……. 자고로 기름진 음식이 뱃살의 주범이고 막장 인생 뒤에는 여자가 있다는 걸 왜 모를까. 그래서 신세 조지고 후회해 봐야 때는 늦지. 쯧쯧―"

오늘 저녁 무렵에는 또 한 사람, 애꿎은 떠꺼머리총각이 요괴에게 홀려 이승을 하직하겠구나, 하는 생각에 객잔의 늙은 주인은 거푸 혀를 찼다.

지옥에서 안탕산까지, 무림맹에서 다시 이곳까지.

여태까지 한눈 한 번 팔지 않고 온 날이 무려 한 달 보름이었다. 아무리 인내심이 강한 장팔봉이라고 해도 지겹지 않을 수 없었다.

게다가 기련산까지는 또 얼마나 더 가야 할지 알 수 없지 않은가.

당장 포기하고 싶어서, '내가 꼭 거기까지 가야 하는 거야?' 하고 스스로에게 물어볼 때마다 한숨이 절로 나왔다.

그런 생각들로 심란하던 차에 이름도 없는 객잔의 늙은 주인이 들려준 이야기는 뿌리칠 수 없는 유혹이었다. 사정없이 발목을 붙잡고 놓아주지 않는다.

게다가 지하 뇌옥에 갇혀 있으면서 여자를 보지 못한 게 몇 달인가.

물론 백무향이라는 천하절색의 여인이 있기는 했지만 그녀의 정체를 안 뒤부터 장팔봉에게 백무향은 그야말로 살아 있는 요괴였다. 그가 생각하는 여자라고 하는 존재와는 거리가 멀어도 너무 멀다.

요즈음 장팔봉에게는 상념이 많았다.

지옥의 동혈 속에서 본 절대무제 적무광의 초라한 죽음과, 안탕산에서 목격한 무림맹의 몰락. 그리고 신임 맹주 남천검 왕 사자성의 초라한 처지는 그에게 '인생 참 허무하다' 는 생각을 더해주었다.

이렇게 허망한 게 강호에서의 삶이고 인생이라면 까짓 봉명도를 찾은들 무엇 하며, 천하제일의 고수가 된들 무엇 하겠는가, 하는 회의가 절로 든다.

그것을 찾기 위해 수만 리 길을 터벅터벅 걸어가야 한다고 생각하면 맥이 쪽 빠지고 만다.

그래서 지금은 그냥 다 잊어버리고 사문으로 돌아가 늙은 사부의 잔소리를 한 귀로 흘려들으며 빈둥빈둥 살고 싶은 마음이 굴뚝같기만 했다.

그곳에 가면 늘 가슴을 아릿하게 하던 짝사랑의 아가씨를 볼 수도 있다. 비록, 그것도 운이 좋아야 먼발치에서 잠깐 훔쳐볼 수 있을 뿐이지만 그 순간만큼은 이 세상에서 가장 따뜻하고 부드럽고 행복한 순간이지 않았던가.

그 아련한 감정이 제 적막한 처지와 비례해서 커져만 가는 이때에 천하절색의 미녀가 있다는 말을 들었으니 마음이 동하지 않을 수 없다.

가슴속에 한 여자에 대한 짝사랑을 품고 있으면서도 귀는 언제나 '미녀' 라는 말에 열려 있고 눈은 언제나 아리따운 소저를 찾아 개방되어 있는 텁석부리.

그게 장팔봉의 정체였던 것이다.

                    *   *   *

가중악(賈中岳).

사십대 중반의 우울한 사내다.

늘 얼굴에 그늘을 드리우고 사는 그를 보고 주변의 사람들은 화무홍(花無紅)이라고 했다.

그가 그렇게 우울한 얼굴을 하고 사는 이유가 사랑 때문이라는 걸 모르는 사람이 없는 것이다.

강호에서는 그를 청면검호(靑明劍豪)라고 했는데, 한 자루의 푸른빛이 감도는 보검을 쥐고 강호를 주유하면서 수많은 협행을 했기 때문이었다.

한창때에 그의 검법은 절세적이라고 불리기에 손색이 없었다.

그런 가중악이 강호를 떠난 건 십 년 전이었다. 무림맹과 패천마련 사이에 싸움이 시작될 무렵이었고, 패천마련의 기세가 조금씩 커져 가고 있을 무렵이기도 하다.

그런 중요한 때에 가중악은 강호를 등졌다. 서른 중반의 원기 왕성하게 활동할 나이에 일찍 은퇴한 것이다.

그게 한 여인 때문이라는 걸 안 강호의 친구들은 모두 발을 구르며 안타까워했다.

그의 절세적인 검법이 강호에서 이렇게 사라져 버리고 만다면 그건 참으로 아깝고 안타까운 일이었기 때문이다.

그러나 가중악은 그런 것에도 연연해하지 않았다.

그런 내막을 아는 사람들은 모두 무림맹에 큰 힘이 되어줄 인걸 한 명이 사랑 때문에 기개를 저버렸다는 걸 아까워하는 한편, 못난 놈이라고 비웃기도 했다.

하지만 가중악은 귀를 닫고 눈을 닫고 마음을 닫아버렸다. 아무리 절친한 친구가 찾아와 설득해도 요지부동이었다.

고절한 검법과 호연지기로 가득하던 그의 마음속에 이제는 오직 한 여인이 들어 있을 뿐이었던 것이다.

그녀의 존재가 기쁨이 아니라 슬픔이고 절망이지만 그녀의 함정에서 벗어나려 하지 않았다.

그녀를 바라보면 곧 보지 못하게 되리라는 아쉬움과 안타까움 때문에 슬펐고, 그녀를 보지 못하면 미칠 것 같은 그리움 때문에 절망했다.

그러므로 사랑은 그에게 기쁨이 아니라 슬픔이었다. 스스로도 그것이 이루어질 수 없는 사랑이라는 걸 알기에 더욱 그렇다.

그 슬픔에 빠져서 저를 잊어가는 사람.

가중악의 야윈 손에는 오늘도 여전히 보검 대신 투박한 술잔이 쥐어져 있었다.

천천히 그것을 기울인다.

꿀꺽, 꿀꺽—

독한 화주가 목줄기를 태우며 흘러들어 갔다.

한 접시의 기름진 안주는 차갑게 식어버린 지 오래다.

절강에서 강서나 호북 방향으로 가려는 사람들에게 불귀림
은 가장 빠른 길이면서 또한 가장 먼 길이기도 했다. 한 번 가
면 영영 돌아올 수 없게 될지도 모르는 길이기 때문이다.

대낮에도 호랑이가 출몰하는 그 불귀림 복판의 호숫가에 과
연 허름한 객잔 하나가 있었다.

풍우주가다.

부실한 마루판이 바람만 세게 불어도 삐걱거리는 곳인데,
풀을 엮어 지붕을 올렸으며 대나무를 쪼개 벽을 둘렀고 사방
에 큼직한 들창이 나 있었다.

그것을 늘 활짝 열고 작대기로 받쳐 놓았으므로 차라리 창
이 없는 게 나을지도 모른다.

사시사철 내내 활짝 열려 있는 그 들창으로 한겨울에는 뼈
를 얼게 할 만한 바람이 쏟아져 들어오고 눈보라가 휘날려 들
어왔다. 그래도 사람들은 불평 한마디 없이 술을 마시고 고기
를 뜯었다.

봄이면 어지럽게 날리는 매화 꽃잎이 눈처럼 주청을 뒤덮
고, 여름이면 들이치는 비가 밖에 나와 있는 거나 마찬가지였
다.

그래도 사람들은 아무 말 없이 술을 마셨다. 온몸이 흠뻑 젖
는 것쯤이야 상관하지도 않는다.

누구도 활짝 열려 있는 들창을 탓하지 않았고, 일어나 그것

을 닫으려 하지 않았다.

가끔 소문을 듣고 일부러 찾아왔거나, 어쩌다 보니 길을 잘못 들어 찾아오게 된 사람들이 그 꼴을 당하면 투덜거리는 게 당연했는데, 그러면 주청에 이미 와 앉아 있던 사람들의 무시무시한 눈총을 받아야 했다. 그렇게 되면 누구든 지레 겁을 먹고 슬그머니 자리를 뜨게 마련이다.

몇 년 전부터 그 주청에 상주하는 사람 중 한 명이 바로 가중악이었다.

그는 언제나 남쪽 구석진 곳의 자리를 지키고 있었다.

들창 밖의 뽀얀 마당 건너에 있는 우거진 푸른 대나무 숲과 그 너머로 무성한 갈대밭과 끝없이 펼쳐져 있는 송림과 그 위의 희뿌연 하늘이 바라보이는 곳이다.

가중악은 거기 혼자 앉아서 종일 술을 마셨다. 때로는 술잔을 든 채 제 자신을 잊은 듯 우두커니 송림 너머의 하늘과 구름을 바라보며 한나절을 보내기도 했다.

하는 일이 아무것도 없다.

가중악뿐만 아니라 아침이면 어김없이 이곳에 찾아와 밤이 이슥해질 때까지 죽치고 있는 자들 모두가 그랬다.

모두 다섯 명이었는데, 이십대에서 삼십대 중반에 이르기까지 다양한 연령대의 사내들이었다.

가중악과 달리 그들 중 몇 명은 최근 몇 개월 전에 이곳에 찾아온 자들이었다. 와서는 영영 이곳을 떠나지 않기로 작정이라도 한 듯이 붙박이가 되어버렸다.

그들이 그렇게 찾아온 게 무림맹이 패천마련에 밀려 풍전등화의 위기에 처할 무렵이었으니 어쩌면 이미 망할 것을 알고 일찌감치 몸을 빼서 숨어든 건지도 모른다.

어쨌거나 그들에게는 하나의 공통점이 있었다. 늘 우울한 얼굴을 하고 말이 없다는 게 그것이다.

그들에게 비하면 가중악은 이곳의 토박이라고 해도 과언이 아닐 만큼 풍우주가에 머문 지 오래되었고 나이가 제일 많았으나 누구도 그를 대형이라고 부르지 않았다.

그뿐 아니라 그들은 서로의 얼굴이 익숙할 대로 익숙해져 있을 텐데도 늘 모르는 사람처럼 대했다.

사실 서로에 대해서 아는 게 아무것도 없는 건지도 모른다.

그들은 하루 종일 함께 있으면서도 서로 한마디 말도 건네지 않았고, 무엇을 하든지 신경을 쓰지 않았다.

오직 누군가 낯선 자가 찾아와 투덜거리면 한마음이 되어 일제히 그자를 노려보는 데에만 협력할 뿐이다.

그래서 그자를 내쫓고 나면 다시 무심한 목석들로 돌아간다.

그리고 가끔씩 그 다섯 명 중 누군가가 살인을 했다.

그들에 의해 목숨을 잃는 자들 또한 이곳의 사정을 조금도 알지 못하는 낯선 자들이 열에 아홉이었다.

때로 강호의 고수라고 불리기에 손색이 없는 자들도 있었고, 아주 드물게 일류를 넘어 절정의 고수 소리를 들을 만한 자도 있었는데, 예외는 없었다.

죽여야 할 자가 정해지면 다섯 명의 사내들 중 누군가가 슬 그머니 자리를 떠나 밖으로 나갔고, 잠시 후에는 옷자락에 몇 방울의 피를 묻히고 돌아온다.

그렇게 살인을 하고 온 자에게는 술 한 병이 사례로 돌아갔다. 그건 언제나 제일 연장자인 가중악의 몫이었다.

가중악은 점원을 불러 한 병의 술을 그자의 탁자에 가져다 주도록 시킬 뿐, 한마디의 말도 건네지 않았다.

때때로, 정말 드물게 두 명이 한 사람을 뒤쫓아 나갈 때도 있었다. 그리고 역시 옷자락에 몇 방울씩의 피를 묻힌 채 돌아온다.

그러면 가중악은 두 병의 술을 내야 했다.

알 수 없는 그들 다섯 사람에 대해서 누구도 말하지 않았으므로 강호에서는 그런 일이 있다는 걸 까맣게 몰랐다.

죽은 자는 말이 없으니 더더욱 소문이 퍼져 나갈 수가 없는 일이다.

그래서 불귀림 깊숙한 곳, 귀택호에 이와 같이 이상한 자들이 모여 있다는 것조차 아는 자가 거의 없었다.

하지만 불귀림 밖 담가촌에는 언제부터인가 은밀한 소문이 떠돌기 시작했다.

―그곳에 오래된 객잔 하나가 있지? 아 왜, 찾는 사람이 없는데도 망하지 않고 용케 버틴다고 신기하게 여겼잖아. 이제 생각이 나? 그런데 언제부터인가 그곳에 귀신들이 기어들어

와 살고 있다는군. 외지고 낡은 곳이라 귀신들이 제집으로 삼은 건지도 모르지. 아무튼 그 귀신들에게 밉보이면 죽는다더라. 제아무리 강호의 고수라고 해도 예외가 없대.

그런 말을 듣는 자들은 피식 웃고 말았지만 소문은 조금씩 퍼져 나가기 시작했다.

그래서 불귀림 귀택호의 풍우주가에 대한 궁금증이 커져 갔고, 담이 제법 크다고 자부하는 자들이 하나둘 그곳으로 찾아오는 일이 잦아졌다.

그리고 돌아오지 않는 자들도 늘어만 갔다.

오늘도 가중악은 제 자리에 앉아 활짝 열려진 들창 밖을 멍하니 내다보고 있었다.

어느덧 한낮의 해가 저 너머로 기울어 하얀 마당 위에 석양의 애잔한 그늘이 드리울 무렵이었다.

대나무 숲 사이로 나 있는 좁은 길에 한 사람의 모습이 나타났다. 낯선 자다.

그자가 연신 땀을 훔쳐가면서 다가오고 있는 걸 가중악은 아무 생각 없이 바라보았다.

허름한 옷에 부스스한 머리카락과 더부룩하게 자라나 얼굴을 뒤덮은 꺼칠한 수염. 신고 있는 신발 코가 낡아 너덜거리는 꼬질꼬질한 몰골의 사내였다. 하지만 허우대는 멀쩡하고, 걸음걸이가 씩씩한 이방인.

장팔봉이었다.

부지런히 대숲을 빠져나온 장팔봉이 한숨을 쉬더니 더욱 잰걸음으로 다가와 활짝 열려 있는 객잔의 문 안으로 들어왔다.

두리번거리지도 않고 빈 탁자에 털썩 앉아 옷소매로 땀을 훔친다.

이미 와 있는 다섯 사람을 보았으련만 상관없다는 듯 투덜거렸다.

"젠장할. 담가촌인지 지랄인지 하는 곳에 사는 것들은 죄다 죽일 놈들이다. 뭐? 이 길을 따라 조금만 올라가면 객잔이 나와? 이 무서운 숲 속에서 혼자 밤샐 뻔했다. 쳐 죽일 놈들 같으니."

날이 저물기 전에 풍우주가를 찾아야 한다는 생각으로 서둘러 왔는데, 길이 어디 한 가닥으로 곧게 뻗어 있던가.

수없이 갈라지고 굽어지는 그 길 위에서 오랜 시간 헤맨 게 틀림없었다. 날이 저물어가고 있으니 마음도 더 급해졌으리라.

허둥지둥하다가 겨우 방향을 제대로 잡아 찾아왔으니 목이 타고 허기가 들지 않을 수 없다.

"이봐, 여기는 손님도 안 받는 거냐?"

장팔봉이 낡은 탁자를 두드리며 소리쳤다.

다섯 사람이 보일 듯 말 듯 눈살을 찌푸렸지만 알지 못한 듯 개의치 않는다.

잠시 후 주방에서 한 사람이 차 쟁반을 들고 나왔는데, 그 즉시 장팔봉이 눈을 찢어져라 부릅떴다.

"어라?"

얼굴 근육이 굳어서 뻣뻣해진다. 입도 점점 벌어지더니 턱이 빠질 지경이 되었다.

눈이 자박자박 다가오고 있는 점원의 얼굴에 고정되어 떨어질 줄 몰랐다.

의외에도 풍우주가의 점소이가 아리따운 여인이었던 것이다. 아니, 천하절색이라는 말로도 부족할 만하다.

이십대 중반쯤 되었을까, 치렁한 검은 머리카락이 허리 어림까지 늘어졌고, 수수한 푸른 치마저고리를 입었으며 화장기 없는 얼굴은 맑고 투명하다 못해 창백해 보일 지경이었다.

주사를 칠한 듯 붉은 입술이 도톰하고 그 위의 콧날이 빚어놓은 것처럼 오똑하다.

어딘지 우수가 깃들어 있는 검고 큰 눈과 짙고 가느다란 눈썹, 맑은 이마와 오목한 귀는 가히 그림 속의 선녀와 같았다.

투명하도록 깨끗한 피부에 솜털이 보송보송하니, 바라보는 것만으로도 가슴이 간질거려 견딜 수 없을 지경이다.

치맛자락 끌리는 소리가 사박사박 들려왔다. 점점 가까워지고 있다.

저렇게 귀티가 줄줄 흐르는 미녀가 어째서 이런 낡고 볼품없는 객잔에 살면서 술 심부름이나 하고 있는 건지 의아해진다.

그녀가 주청에 나타난 순간 다섯 사람들의 눈길이 일제히 그녀에게 못 박혔다.

가중악 또한 입가에 댔던 술잔을 뚝 멈춘 채 눈을 크게 뜨고 그녀를 바라보고 있었다. 두 눈에 슬픔과 열정과 원망이 가득하다.

아가씨는 아무도 보지 못한 것처럼 침착하고 조용히 탁자 사이를 걸어와 장팔봉 앞에 섰다.

아무 말 없이 찻잔을 내려놓고 찻주전자를 기울여 맑고 향기로운 차를 따라준다.

장팔봉은 넋이 나갔다. 아가씨의 얼굴을 보고 흰 살결에 돋아난 보송보송한 솜털을 바라보는 눈길이 멍하기만 하다.

第八章

죽음을 부르는 미녀

鳳鳴刀
봉명도

죽음을 부르는 미녀

그녀가 말없이 주문판을 내려놓았다. 장팔봉의 손이 저도 모르게 움찔거렸다. 자석에 끌린 쇠붙이 같다. 그녀의 손을 잡으려는 건데, 그 순간 누군가 낮고 음울한 음성으로 중얼거리는 소리가 들렸다.

"손대면 죽는다."

"응?"

깜짝 놀란 장팔봉이 주위를 두리번거렸다. 그러나 다섯 명의 사내는 오직 여인의 얼굴에 시선을 못 박고 있을 뿐, 누구도 장팔봉을 상관하지 않는 것 같았다.

대체 누가 그 말을 한 건지 알 수가 없다.

꿀꺽—

장팔봉은 마른침을 삼켰다.

왠지 기분이 더럽긴 하지만 그렇다고 눈앞에 이처럼 아름다운 여자를 두고서 점잔을 떤다면 그건 미인에 대한 예의가 아니다.

수작을 걸어주는 것. 그게 혈기 왕성한 사내가 아름다운 아가씨에게 취하는 일반적인 예의이고 존경심의 표현 아닌가.

그렇게 믿고 있는 장팔봉은 더 망설이지 않았다. 뉘 집 개가 짖었느냐는 듯 경고의 음성을 싹 무시한 채 덥석 그녀의 손을 잡는다.

"아가씨, 아니, 소저. 나는 평생에 소저처럼 아름답고 고귀해 보이는 여자를 본 적이 없소. 정말 사람이 맞는 거요?"

되도 않는 수작을 걸어보지만 그녀는 여전히 말이 없었다. 크고 맑은 눈 가득 슬픔을 담고 물끄러미 장팔봉을 내려다보기만 한다.

"자, 자, 술도 됐고 차도 됐으니까 그냥 여기 앉으시오. 앉아서 오순도순 세상 살아가는 얘기나 좀 나눕시다. 내가 아주 외로운 몸이거든. 빌어먹을 곳에서 석 달 동안이나 처박혀 있었더니 여자 생각만 해도 환장할 지경이야."

너스레를 떨면서 억지로 손을 끌어 제 곁에 주저앉힌다.

장팔봉의 말은 구구절절이 진실이었다.

그는 여자가 그리워 환장할 지경인 게 맞다. 그런데 이처럼 고귀하고 아름다운 소저가 눈앞에 나타났으니 이것도 다 하늘이 점지한 인연이라고 믿지 않을 수 없다.

아가씨가 그의 손을 뿌리치고 일어섰다.

여전히 말이 없다.

고개를 가로저어 안 된다는 의사를 표현할 뿐이다.

그리고 들고 있던 주문판을 내밀었다.

그제야 장팔봉은 잡아먹을 듯이 저를 노려보고 있는 다섯 사람의 눈길을 의식했다.

하나같이 불구대천의 원수를 보듯이 저를 보고 있다는 게 의아하고 기분 나쁘지만 은근히 켕기는 마음이 되기도 했다.

"쩝, 못난 것들이 질투나 하고 그러지. 제기랄."

장팔봉이 슬그머니 손을 내리고 두어 가지 안주와 한 단지의 매화주를 주문했다.

아가씨는 여전히 말이 없었다. 그 큰 눈으로 물끄러미 장팔봉을 바라보다가 조용히 찻주전자를 내려놓고 주문판을 거두어 돌아갔다.

장팔봉은 그녀가 끝내 한마디의 말도 하지 않았다는 게 애석하기 짝이 없었다. 원래 말을 하지 못하는 아가씨인지도 모른다고 생각했다. 그렇다면 그건 하늘의 시샘 때문이리라.

그녀의 모습이 주방 안으로 사라진 즉시 다섯 사람의 시선도 다시 제자리를 찾았다.

그러나 이미 주청 안에 가득해진 차갑고 살벌한 기운마저 사라진 건 아니다.

그 기운이 장팔봉의 천부적인 감각을 자극하고 있었다.

'이건 수상해도 이만저만 수상한 놈들이 아니잖아?'

더럭 그런 의심이 들면서 호기심도 왕성하게 솟구쳤다.

이 풍우주가 겉으로 보기에는 평범해도 사연이 많은 곳이라는 느낌이 즉시 온다. 그것도 보통 많은 게 아니라 무지막지하게 많은 사연을 감추고 있는 곳이 분명하다.

사연 덩어리인 것이다.

대체 어떤 사연인지 궁금하고 의심스러워지지 않을 수 없다.

머리를 갸웃거리며 이것저것 생각하는데 아가씨가 주문한 술과 안주를 쟁반에 담아 들고 왔다.

다섯 사람의 눈길이 그 즉시 그녀에게 달라붙었지만 그녀는 여전히 아무것도 보지 못하고 느끼지 못하는 것처럼 자박자박 탁자 사이를 걸어올 뿐이었다.

아무 말 없이 장팔봉의 탁자 위에 술과 안주 접시를 늘어놓는다.

이제 장팔봉은 그녀를 바라보지 않았다. 마음이야 굴뚝같지만 애써 억누르고 활짝 열려 있는 들창 밖의 풍경을 바라본다.

하지만 그의 귀는 사각거리는 그녀의 옷자락 쓸리는 소리에 온통 쏠려 있었고, 그의 코는 은은히 다가오는 체취를 따라 벌름거리고 있었다.

한 단지의 술을 다 마시도록 취기가 돌지 않았다. 점점 긴장의 폭이 커지니 절로 그렇게 될 수밖에 없는 일이다.

술이 향기롭지만 향기로운 줄을 모르니 쓴 화주를 마시는 거나 다름없고, 안주가 기름지고 맛있지만 퍼석거리는 모래를 씹는 것과 다름없다.

"염병할!"

기어이 장팔봉이 탁자를 걷어차고 벌떡 일어났다.

칙칙하게 가라앉아 있는 분위기에 숨이 막힐 것 같았던 것이다. 이처럼 빌어먹을 술자리는 없는 게 낫다는 생각에 화가 나기도 한다.

이곳의 분위기가 패천마련에 붙잡혀 있을 때보다 더 칙칙하니 짜증이 솟구쳤다.

기어이 한바탕 발작을 일으키기 직전인데 세 사람이 불쑥 주청 안으로 들어섰으므로 멋쩍어지고 말았다.

귀공자풍의 젊은이들이었다.

비단옷을 입고 가죽신을 신은 것이 세도깨나 하는 집안의 자식들이 분명해 보인다.

깨끗한 얼굴에 곱상하게 생긴 청년이 주청 안을 두리번거리고 말했다.

"담 형이 말한 곳이 바로 이곳이오?"

"그렇다네."

"뭐, 별것도 없어 보이는데? 그냥 낡고 오래된 객잔일 뿐 아니야?"

담 형이라 불린 청년, 살빛이 검고 건장하며 우락부락하게 생긴 자가 주청 안을 두리번거리며 조심스런 음성으로 말했다.

"조금 지나면 내 말이 거짓이 아니라는 걸 알게 될 거야. 그러니 우선 앉자구."

곁에 우두커니 서 있던 호리호리하고 눈치 빠르게 생긴 인상의 청년이 거든다.

"나도 와보기는 처음이라 어리둥절한걸? 하지만 담 형의 말이니 믿지 않을 수 없지. 자, 화 형, 이리 앉읍시다."

"그래, 그래. 이 아우의 말대로 우선 앉자고."

화가 성의 귀풍의 청년이 마지못한 듯 자리에 앉자 담가와 이가 성을 쓰는 두 청년도 화가 청년의 좌우에 앉았다.

보아하니 화가 청년이 주빈이고, 담가 청년이 그를 접대하는 듯했다.

그들 멋모르는 세 청년이 들어옴으로 해서 칙칙하던 주청 안의 분위기가 조금씩 들뜨기 시작했다.

"이봐, 여기는 점소이도 없나? 손님이 왔는데 내다보지도 않다니!"

이가 청년이 호기롭게 소리쳤다.

장팔봉이 그랬을 때와 마찬가지로 다섯 사내가 일제히 눈살을 찌푸렸지만 아무도 그것에 신경을 쓰지 않는다.

잠시 후 예의 말없는 아가씨가 찻잔과 주전자를 올려놓은 쟁반을 들고 나왔다.

"어!"

귀공자, 화가 청년의 눈이 그 즉시 동그래졌다.

담가 청년이 역시 아가씨의 얼굴에 시선을 고정시킨 채 속삭였다.

"어떻소, 화 형. 저만한 미인을 본 적이 있소?"

"이, 이건, 이건 도대체……."

화가 청년은 입마저 딱 벌린 채 넋이 나간 얼굴이었다. 아가씨의 움직임 하나하나에 정신을 빼앗겨 꼼짝하지 못한다.

이곳에 처음 와본다는 이가 청년도 마찬가지였다. 눈을 게슴츠레 뜨고 입을 헤벌린 채 그녀를 보는데, 여우에게 홀린 홀아비의 표정이 그와 같을 것이다.

그래도 몇 번 그녀를 보았고, 이곳의 분위기를 느껴본 담가 청년이 그중 나았다.

그가 여전히 그녀의 얼굴에 눈길을 준 채 낮게 말했다.

"절대로 손대면 안 되오. 명심하시오. 이가 너도 명심해라. 손대면 죽는다."

"응?"

"왜?"

화가와 이가 청년이 어리둥절해서 묻자 담가 청년이 심각한 얼굴을 했다.

"그런 소문이 있어. 그리고 실제로 죽어나간 사람도 여럿이라고 하더군."

"설마. 이런 촌구석의 객잔에 그럴 만한 고수가 있을까?"

말없이 차를 따르는 아가씨의 희디흰 손목과 그곳의 보송한 솜털을 홀린 듯 보면서 화가 청년이 중얼거렸다.

"나는 담 형의 말을 믿을 수 없어. 누가 감히 나를 죽일 수 있단 말이지? 흥, 그 말을 시험해 보기 위해서라도 금칙을 깨고 말 테다."

화가 청년의 말에 담가 청년이 화들짝 놀라 손사래를 쳤다.

"화 형, 그러지 마시오. 만에 하나 형에게 좋지 않은 일이 생기기라도 한다면 나는 감당할 수 없다오."

"담 형은 생긴 것과 달리 너무 소심해. 하하, 걱정 마시오. 이런 미인을 앞에 두고서 꼼짝도 하지 않는다면 그건 미인에게 모욕을 주는 것과 다름없다오. 그렇지 않소, 아가씨?"

말을 하면서 기어이 화가 청년은 차를 따르는 아가씨의 손목을 덥석 쥐었다.

그 즉시 다섯 사내가 눈을 가늘게 떴는데, 무시무시한 살기가 와르르 쏟아져 주청 안을 냉랭하게 만들었다.

그러나 그녀에게 넋을 빼앗긴 세 청년은 아무것도 눈치 채지 못했다. 오직 장팔봉만이 더욱 긴장하여 몸을 굳혔을 뿐이다.

'이건 정말 심상치가 않구나.'

긴장으로 온몸에 소름이 돋는다.

'이 다섯 놈들은 만만한 놈들이 아니야. 고수 아닌 놈이 없다.'

그들이 순간적으로 내비친 살기를 느낀 것만으로도 그들이 어떤 자들인지 짐작하기에 충분했다.

과연 이후의 일이 어떻게 될지 궁금해졌다. 세 청년에 대한 걱정 따위는 조금도 하지 않는다.

손목을 잡힌 아가씨는 여전히 말이 없었다. 벙어리인지도 모른다.

장팔봉에게 그랬듯이, 가엽다는 듯, 안타깝다는 듯 커다란 두 눈에 연민과 슬픔을 가득 담은 채 화가 청년을 물끄러미 바라볼 뿐이다.

저에게 아무 일도 생기지 않자 화가 청년은 더욱 용기가 났다. 그녀의 손목을 끌어당긴다.

"소저, 이곳에 잠시 앉는 게 어떻겠소? 나는 소저에 대해서 알고 싶은 게 너무 많구려. 나는 진성현에 있는 화가장의 둘째라오. 화군평이라고 하면 알 만한 사람은 다 알지."

은근히 저의 신분내력을 내세우며 우쭐댄다.

과연 그럴 만했다.

진성현의 화가장이 강호의 신흥세가로 한창 떠오르고 있는 중이었기 때문이다.

장주인 화문동(華門東)은 강호에 이름 높은 고수였다. 하지만 화가장이 신흥세가로 부상하기 시작한 건 그의 명성 때문이 아니었다. 그가 화가장을 들어 패천마련에 투항했기 때문이다.

충성을 바쳐서 신임을 얻더니 지금은 화가장이 패천마련 외단 중의 하나를 맡고 있었다. 그러니 그 위세가 욱일승천하지 않을 수 없다.

그러므로 그곳의 둘째 공자라면 과연 이 일대에서는 누구든 양보하고 굽실거리지 않을 수 없는 신분이었다.

하지만 풍우주가의 아가씨는 아무것도 알지 못하는 것 같았다. 놀라거나 당황하지 않고 가만히 화군평의 손을 뿌리치더니 주문판을 내려놓았다.

화군평이 다시 그녀를 잡으려 하자 담가 청년이 울상을 하고 말렸다.

"화 형, 제발. 그저 보기만 하겠다고 약속하지 않았소?"

"그거야 여기에 오기 전의 얘기였지. 그녀가 이런 미인일 줄 몰랐으니 그랬던 것 아니겠소?"

"어쨌든 이곳에서는 제발 자중하고 약속을 지켜주시오. 부탁이오."

울 듯한 담가 청년의 말에 화군평은 쓴 입맛을 다실 수밖에 없었다.

천둥벌거숭이나 다름없는 청년들로 인해 주청에 작은 소란이 일 때 한 사람이 소리없이 들어왔다.

죽립을 썼고, 호리호리한 몸매가 강철의 기둥처럼 단단해 보이는 자였다.

떡 벌어진 어깨와 잘록한 허리, 훌쩍 큰 키 등이 한눈에 보통내기가 아니라는 걸 느낄 수 있게 한다.

등에 한 자루의 고색창연한 검을 지고 있어서 더욱 그 모습이 돋보인다.

"어라?"

그자를 본 장팔봉이 눈을 휘둥그레 떴다.

천천히 장팔봉과 마주 보이는 곳의 빈자리에 앉아 죽립을 벗어 탁사 위에 올려놓는 자는 비천혈검 우문한이었다.

"너… 네가 여기는 웬일이냐?"

장팔봉이 놀라서 물었지만 우문한은 서늘하고 무표정한 얼굴을 바꾸지 않았다.

감정이라곤 실려 있지 않은 건조한 눈길을 던지며 중얼거리 듯 말한다.

"명령을 받았으니 실행할 뿐이오."

"명령? 무슨 명령?"

"장 공자를 잘 수행하라는 명령이오."

"누가?"

"누구겠소?"

"하─"

장팔봉은 기가 막혔다.

"그러니까 너를 보내 나를 감시하겠다, 이거로군? 그 양반 생긴 것과 다르게 쫀쫀한 구석이 있었어. 제기랄."

"말을 조심하시오. 그 입이 화가 되어 장 공자의 목숨을 위 태롭게 할 수도 있소."

"너나 그 주둥아리 좀 닥치고 있어라. 감정없는 네 음성을 듣고 있으면 아주 소름이 돋아."

더 이상 듣지 않아도 뻔했다. 패천마련의 련주인 거령신마 무극전이 우문한을 보낸 것이다.

겉으로는 수행원이라지만 실은 일거일동을 철저히 감시하 겠다는 것 아닌가.

물론 봉명도가 목적일 것이다.

그걸 찾는 순간 우문한이라는 놈이 저를 죽이고 봉명도를 강탈해 가는 광경이 그림처럼 머릿속에 그려진다.

"파하—"

장팔봉이 오만상을 찡그렸다.

'제기랄, 할 수 없지. 지금으로서는 내가 할 수 있는 게 아무 것도 없잖아?'

그런 생각에 의기소침해지지만 오기도 불끈 솟구치는 것이었다.

'그때는 그때 가봐야 아는 거지. 뭐, 어떻게 안 되겠어?'

그런 배짱과 함께, 있는 동안 저놈을 지겹도록 부려먹고 괴롭혀야겠다는 고약한 심정이 되었다. 그러면 저놈 스스로 질려서 떨어져 나갈지도 모르는 일 아닌가. 차도살인이라는 교묘한 계책도 있다.

'언제든 기회가 오겠지.'

그런 마음으로 눈앞의 우문한을 싹 무시한 채 묵묵히 술잔만 기울이고 있는데, 눈치도 없는 저쪽의 세 청년들은 여전히 온갖 말들로 떠들어대고 있었다.

객잔에 들어선 순간부터 우문한도 심상치 않은 이곳의 분위기를 느끼고 있었다. 그건 다섯 사내들도 마찬가지였다.

그들이 모르는 척 시치미를 떼고 있었지만 바짝 긴장하고 있다는 게 느껴졌다. 우문한 또한 점점 긴장의 날을 예리하게 세워가고 있는 게 느껴진다.

이러다가는 이 흉악한 놈이 무슨 소란을 피울지 모른다는 생각에 장팔봉은 잔뜩 긴장했다.

그때 그 아가씨가 다시 나왔다. 그 즉시 주청 안에 있는 사람들의 눈길이 일제히 그녀에게 집중된다.

시끄럽게 떠들어대던 세 청년도 말을 잊은 채 뚫어질 듯 그녀를 바라보았다.

무표정하기가 석고상 같기만 하던 우문한의 얼굴에도 놀람과 함께 당황한 기색이 가득해졌다.

그는 세상천지에서 염라화 백무향보다 아름다운 여자는 없다고 굳게 믿고 있었다. 그런데 이런 곳에서 이처럼 아름답고 청초하며 고귀한 아가씨를 보자 가슴이 멎어버릴 것처럼 충격을 받았다.

그녀는 제 얼굴을 드러내는 그 자체만으로도 백무향의 지독한 섭혼술인 환희마령을 웃음거리로 만들기에 충분했던 것이다.

차갑고 무겁기가 무쇠 같고 바윗덩이 같은 우문한마저 일시적으로 넋이 나가 멍하니 그녀를 바라보고 있으니 더 말할 필요 없다.

장팔봉도 그녀에게 시선을 빼앗긴 채 마른침만 꿀꺽꿀꺽 삼키고 있었다.

마음이 불처럼 달아오르지만 더 이상 함부로 말하거나 행동하지 못했는데, 사방에서 밀려드는 보이지 않는 살기 때문이었다. 느끼는 것만으로도 살갗이 찢어질 것만 같다.

우문한도 그것을 느꼈는지 곧 정신을 차리고 낯을 찌푸리더니 간단하게 몇 가지 음식과 술을 주문했다.

'이게 보기보다 정말 지독하고 대단한 놈이란 말이야.'

그가 그녀의 얼굴에서 눈길을 돌리는 걸 보고 장팔봉은 더욱 우문한을 경계하는 마음을 가졌다.

그의 인내력과 부동심으로만 치자면 높은 도를 이룬 고승에 못지않을 것이라는 생각이 절로 들었다. 과연 천하에 이놈만 한 자가 또 있을까 싶다.

장팔봉이 자꾸 흔들리는 마음을 애써 다잡기 위한 것인 듯 엉뚱한 말을 했다.

"그런데 그 동굴쥐는 어쨌냐?"

"잡아먹었소."

"뭐라고? 아니, 애완동물이라더니? 절대로 안 잡아먹을 거라면서?"

"이제 쓸모없게 되었으니까."

"흥, 그놈이 다시 뇌옥으로 돌아갈까 봐 두려웠던 게로군? 그곳의 마인들도 이제는 죄다 그 쥐새끼가 열쇠라는 걸 알고 있을 테니까 말이야."

"……"

우문한이 그 말에는 이렇다 저렇다 대꾸하지 않고 묵묵히 차를 마셨다.

날이 빠르게 저물어가고 있었다.

짙은 땅거미가 처마 아래까지 밀려왔을 때쯤 세 청년이 아쉬운 얼굴을 하고 일어섰다.

주방 쪽을 자꾸 힐끔거리는 건 떠나기 전에 한 번이라도 더 그녀를 보았으면 하는 미련 때문이다.

하지만 그녀는 더 이상 나오지 않았고, 담가 청년의 재촉에 마지못한 걸음으로 화가와 이가 두 청년이 주청을 나갔다.

그리고 조금 뒤, 장팔봉은 구석진 자리에 음울한 얼굴을 하고 앉아 있던 백면서생이 슬그머니 자리를 뜨는 걸 남모르게 눈여겨보아 두었다.

그는 주청을 나가기 전 무의식적인 것처럼 힐끔 바라보았는데, 장팔봉은 칙칙하게 가라앉아 있는 그자의 눈 깊은 곳에서 싸늘한 살기를 읽었다.

수상한 놈이라는 생각이 들지 않을 수 없다.

*　　　　*　　　　*

백면서생.

언제나 주청의 남쪽 구석을 차지하고 앉아 말없이 하루를 보내던 그 사람을 발견한 건 담가 청년이었다. 담옥상이다.

어둠에 잠겨가고 있는 저 앞쪽, 드러난 바위 위에 쫓겨난 개처럼 슬픈 얼굴을 하고 앉아 있는 그를 본 것이다.

이가 청년, 이추량은 제 발치만 바라보며 걷고 있는 중이라 그를 보지 못했다. 그 곁에서 화군평이 풍우주가의 아가씨를 잡고 어루만졌던 제 손을 들여다보며 연신 싱글벙글한다.

제 욕망이 배어 있고, 그 위에 그녀의 따뜻한 체온과 체취가 묻어 있는 손. 그래서 지금은 세상의 그 어떤 것보다 귀하고 소중한 그 손을 본다.

욕망이 갈증을 불러오고 갈증이 또 다른 욕망으로 커지는 걸 느끼고 있는 중이었다. 아랫배와 가슴을 달구며 꿈틀거리는 정욕이 그것의 정체였다.

'더 뜸 들일 것 없지. 오늘 밤에는 안아버리고 말 테다.'

기루에서 기녀를 안듯, 골목에서 창기를 사듯 처음에는 그렇게 안고 쓰러뜨려 버리는 것이다.

첫 길을 내기가 어렵지, 한 번 치르고 나면 그다음에는 탄탄대로 아니었던가.

망설이는 자에게 기회는 없다. 그저 감정이 이끄는 대로 따라가면 그만이다.

그게 화군평이 여태까지 제 욕망을 풀어온 방법이었다. 그리고 지금은 그것이 풍우주가의 고귀한 아가씨를 향하고 있었다.

"저기를 봐."

담옥상이 그런 이추량과 화군평의 주의를 일깨웠다.

"웅?"

그들은 비로소 바위 위에 얹혀 있는 슬픔과 우울의 덩어리를 보았다.

이쪽을 물끄러미 바라보고 있는 낯선 존재.

하지만 이미 알고 있던 얼굴이다.

객잔을 나왔을 때 그 사내는 여전히 남쪽 구석에 앉아 있었다. 언제 앞질러 와 있던 건지 그게 좀 의아하다.

꾀죄죄한 백면서생.

큰 병이라도 앓고 있는 듯 수심에 전 얼굴을 하고 있던 자.

무시해도 좋을 만한 존재다.

화군평이 다시 제 손을 들여다보며 싱글벙글했고, 이추량은 여전히 마음 복판에 남아 있는 그를 떠올리며 우울해졌다.

그들이 낯설고, 무시해 버려도 좋을 그 존재 앞을 지나갔을 때였다. 그 초라한 존재가 말을 던져 왔다.

"거기 좀 서봐."

울먹일 것처럼 우울한 음성이고 슬픈 음색이다.

"응? 소생 말이오?"

마음 한구석에 꺼림칙한 무엇을 담아두고 있던 담옥상 즉각 반응했다.

"너 말고 거기, 화가장의 둘째 공자라는 허여멀건 놈 말이다."

이건 무시해도 좋을 존재의 무시할 수 없는 말이고, 우울한 존재의 대담한 도발이다.

제가 만들어낸 환상에 빠져서 허우적거리던 화군평이 머리를 털었다. 꿈이 곧 떨어져 나가고 현실이 차가운 낯짝을 부딪쳐 온다.

"나 말이냐?"

그래도 믿을 수 없어서 확인하지만 돌아온 대꾸는 더 믿을 수 없는, 믿고 싶지 않은 것이었다.

"두 놈은 가도 좋아. 하지만 너는 목을 여기에 놔둬야겠다."

백면서생이 조금도 우울하지 않은 음성으로 그렇게 말했다.

오히려 확고한 결의로 인해 더욱 커진 증오가 느껴지는 음성이다.

화군평 등이 흠칫 놀라 멈추어 섰을 때 백면서생이 천천히 몸을 일으켜 바위에서 내려왔다.

우뚝 서서 그들을 무심하게 바라본다.

"지금 뭐라고 했지?"

"네 스스로 한다면 덜 고통스러울 수도 있겠지."

"허!"

이추량과 담옥상을 돌아본 화군평이 긴 숨을 내쉬었다. 어이가 없다는 얼굴이고, 저놈이 한 말을 똑똑히 들었느냐는 표정이다.

담옥상이 화군평을 가로막고 나섰다.

"당신은 누구요? 우리가 누구인지 알고 이러는 거요?"

"너는 담가촌의 담옥상이라는 얼간이지. 그리고 저놈은 동쪽 선운보의 망나니 이추량이겠지?"

"허!"

"내가 원하는 건 저놈, 화군평이다. 상관없는 자는 빠져."

"형씨!"

놀람이 노여움으로 바뀌는 건 시간문제다.

담옥상의 안색도 딱딱해졌다. 그가 허리에 차고 있는 검을 툭툭 두드리며 위협적으로 노려보았다.

"우리가 이떤 사람들이라는 걸 알았으면서도 감히 이런 짓을 한단 말인가?"

"너희가 누구이든 상관없어. 나는 내 말을 지킨다."

"보기와는 다르게 배짱이 좋은 친구로군."

담옥상이 피식 웃었다.

어떻게 했으면 좋겠냐고 묻기라도 하는 듯 슬쩍 이추량을 돌아본다. 하지만 그건 상대를 방심하게 하려는 뻔한 속임수였다.

"찻!"

날카로운 기합성이 터져 나왔을 때 그의 검은 벌써 공간을 접어 백면서생의 가슴을 찌르고 있었다.

몸을 돌이키는 것과, 검을 뽑고 찌르는 동작이 동시에 이루어졌다.

눈부신 쾌검.

기선을 잡는다는 건 언제나 중요하다.

의외의 선공은 항상 그 위력을 배가시켜 주지 않던가.

그러나 그는 상대에 대해서 조금도 알고 있지 못했다.

땅! 하는 소리가 들리고 항거할 수 없는 힘이 어깨를 마비시키며 밀려들었다.

"으헛!"

담옥상이 비명을 터뜨리며 검을 던져 버리고 훌쩍 뛰어 물러섰다. 쳐들어갔을 때보다 배는 더 빠른 움직임이다.

모두의 경악한 시선이 멈춘 곳에 동강난 검이 있었다. 백면서생의 발아래 떨어져 있다.

그들의 눈길이 천천히 위로 향했다.

헐렁한 소매를 늘어뜨리고 서 있는 백면서생의 음울한 얼굴이 보인다.

그가 대체 무슨 수단을 부린 건지, 무엇으로 단번에 담옥상의 검을 두 토막 낸 건지 아무도 보지 못했다.

옷소매 속에 들어 있는 두 손이 보이지 않으니 더 궁금하다.

"재미있는 친구였군."

화군평이 피식 웃고 나섰다.

조금 전의 일은 무시해 버렸다. 담옥상이 방심한 탓이라고 여긴 건지도 모른다.

아니면 제 솜씨가 담옥상보다 월등하다고 믿는 것이리라.

'단번에 죽여주지.'

화군평은 그렇게 작정했다.

제 솜씨를 본다면 담옥상은 물론 이추량 또한 놀라서 눈을 부릅뜰 것이다.

다시는 제 앞에서 오만을 떨지 못할 것 아니겠는가.

좌라락―

섭선을 펼치는 소리가 경쾌하게 들렸다.

그것으로 얼굴의 반을 가린 화군평이 왼손을 등 뒤에 감춘 채 느물거렸다.

"이 친구야, 사람을 잘못 골랐어. 하지만 그게 자네의 팔자려니 해야지 이제 와서 어쩌겠나?"

"……."

"후회가 된다면 기회를 한 번 주지. 나의 너그러움에 감사하며 절을 해. 그러면 네 엉덩이를 걷어차는 걸로 용서해 주겠다."

백면서생은 말이 없었다.

거들먹거리는 화군평을 우울한 얼굴로 바라볼 뿐이다.

"자, 어서 해. 그렇지 않으면 네 머리통을 박살, 으헛!"

기세를 꺾어놓을 작정으로 한껏 여유와 거만을 떨던 화군평이 새된 비명을 터뜨렸다.

이번에는 모두 똑똑히 보았다.

아무 기척도 숨소리도 없이 갑작스럽게, 벼락처럼 뛰어든 백면서생의 손이 헐렁한 소매 속에서 빠져나오는 것을.

그리고 그의 손바닥 안에서 번쩍이는 무엇이 감추었던 날을 튕겨내는 것을.

그것이 화군평의 목을 치고 빠져나갔다.

쨍, 하는 경쾌한 소리와 함께 다시 날을 거두고 옷소매 속으로 빨려 들어가는 그것.

눈 깜짝할 사이였다.

담옥상과 이추량이 어리둥절해서 바라볼 때 백면서생은 처음부터 거기 그렇게 꼼짝 않고 서 있었던 것처럼 열 걸음 밖에 우두커니 서 있었다.

무릎까지 늘어진 긴 소매가 바람에 가볍게 흔들린다.

"그, 그게 뭐였지?"

이추량이 제가 본 것을 믿지 못하겠다는 듯 물었다.

담옥상이 무의식중에 대답했다.

"일륜(日輪)이었던 것 같은데?"

"하지만 날이 튀어나오고 들어갔어."

"형태는 일륜이 틀림없어."

거기까지 말하고 나자 비로소 그것이 화군평의 목을 치고 나갔다는 걸 기억해 냈다.

"으악!"

담옥상이 놀란 비명을 터뜨리며 화군평에게 달려갔다.

"화 형, 괜찮소?"

눈을 부릅뜬 채 우두커니 서 있는 그의 어깨를 잡아 흔들었다. 그리고 다시 한 번 비명을 터뜨렸다.

덜컥—

그가 어깨를 흔들자 비로소 화군평의 목이 등 뒤로 떨어졌던 것이다.

"으악!"

놀란 담옥상이 펄쩍 뛰어 물러섰을 때 뜨거운 핏줄기가 뿜어져 나왔다. 그리고 제 등에 머리통을 매단 화군평이 통나무처럼 뻣뻣하게 넘어갔다.

이추량이 새파랗게 질린 얼굴로 마구 뒷걸음질쳤다.

저만큼 떨어진 곳에 우뚝 서 있는 백면서생을 가리키는 손가락이 학질에 걸린 사람의 그것처럼 사뭇 떨린다.

"다, 다, 당신은 대체 누구요?"

백면서생이 맥없는 음성으로 중얼거렸다.

"종자허(琮慈虛)."

"조, 송… 사허?"

들어본 적이 없는 이름이다.

第九章

이상한 객잔

鳳鳴刀
봉명도

이상한 객잔

이추량이 우울한 백면서생, 종자허를 삿대질하며 악을 썼다.

"왜? 왜 화 형을 죽였소? 후환이 두렵지도 않단 말이오?"

종자허가 느릿느릿 말했다.

"규칙을 어겼으니까."

'손대면 죽는다!'

담옥상과 이추량의 머릿속에 동시에 그 말이 떠올랐다. 커다란 종소리가 되어서 윙윙 울린다.

"담 형, 그를 아시오?"

이추량이 묻지만 담옥상은 넋이 나간 사람처럼 백면서생을 멍하니 바라보고 있었다. 지나치게 놀라 정신을 놓은 것 같기도 하다.

한참 뒤에야 그가 혼잣말처럼 중얼거렸다.

"그건, 그건… 유혼마륜(幽魂魔輪)이었어……."

"유혼마륜?"

"그의 일륜을 보았지? 날이 손잡이 속에 감추어지고 튀어나오는 것은 그것 하나뿐이야."

"헉!"

"그래, 유혼마륜. 바로 그것이지."

여전히 담옥상은 눈에 초점이 없었고, 이제는 이추량도 넋이 빠졌다.

눈앞의 백면서생이 누구인지는 모르지만 유혼마륜에 대한 소문은 들었던 것이다.

강호에 그것을 지니고 다니는 자는 딱 한 명이 있을 뿐이다.

"그, 그렇다면 그가, 그가 지, 지……."

"맞았어. 그가 바로 지마(地魔)다."

"크헉!"

이추량이 흙빛으로 변한 얼굴을 일그러뜨린 채 정신없이 물러섰다.

그의 눈에 화군평의 처참한 주검이 더욱 크게 들어왔다.

그런 그들의 머릿속으로 종자허의 음울한 음성이 다시 파고들었다.

"내 이름을 들었으니 너희들도 화가 얼간이를 뒤따라가야겠지."

담옥상과 이추량이 크게 놀라 움찔, 몸을 떨었을 때 다시 백면서생의 옷소매가 펄럭였다. 그리고 창백한 빛이 쏟아져 나온다.

멍하니 그것을 바라보면서도 담가와 이가 두 청년은 피할 수가 없었다.

"으악!"

"큭!"

짧고 경악한 비명을 터뜨렸을 뿐이다.

그들의 목을 가르고 빠져나갔던 작은 일륜이 빨려들 듯이 백면서생, 종자허의 옷소매 속으로 다시 모습을 감추었다.

그리고 그가 미련없이 돌아섰다.

등 뒤에서 두 사람이 통나무처럼 쓰러지는 소리가 들리지만 돌아보지도 않는다.

느릿느릿 멀어지는 걸음이 곧 주저앉기라도 할 듯했다.

어깨를 축 늘어뜨린 채 힘이라고는 하나도 없는 것 같은 모습으로 종자허가 사라졌고, 적막한 숲 속에는 어둠이 짙게 내리덮였다.

버려진 세 청년의 죽음은 밤새 짐승들의 차지가 될 것이다. 그리하여 아침이 밝았을 때는 희미한 핏자국과 찢긴 옷자락 몇 조각이 남아 있다가 그것마저 바람에 날려 사라져 버릴 것이다.

"억울해할 것 없어. 사람은 누구나 죽는 거니까. 조금 일찍 가고 늦게 가는 차이가 있을 뿐이지. 언젠가는 나도 그렇게 될 테니 원한을 품을 필요도 없다."

*　　　*　　　*

"후우—"

탄식이 어둠을 흔든다.

구름을 벗어난 둥근 달이 부드러운 빛을 창문 가득 뿌려주었다.

칠흑 같던 방 안의 어둠이 두어 꺼풀 벗겨지며 은은하고 부드러운 정경이 드러났다.

슬며시 일어난 장팔봉이 창문 틈에 눈을 갖다 댔다.

은은한 달빛이 비치고 있는 마당에 그가 있었다.

비천혈검 우문한이다.

무엇을 생각하는 듯 고개를 숙인 채 느릿느릿 달빛 속을 서성이고 있었다.

달빛이 더욱 밝아진다. 구름에 제 낯을 씻고 나온 것이다.

그 아래 드러난 세상이 꿈속인 것처럼 몽롱해 보이고, 우뚝우뚝 서 있는 나무들은 제 그늘을 더 깊고 그윽하게 하고 있었다.

앞에서 보았을 때는 낡고 허름한 객잔에 지나지 않았는데, 그 뒤에 이처럼 아늑한 후원이 있다는 건 뜻밖이었다.

세 개의 담이 뚝뚝 끊어놓은 공간은 제각각 독립되어 있었고, 그 안에 담겨 있는 정원도 모두 달랐다.

"휴—"

그 정원에 내려앉고 있는 달빛 속을 서성이던 우문한이 문 득 멈추어 서더니 길게 한숨을 내쉬었다.

"세상일이란 언제나 제멋대로 돌아간다. 내 마음대로 할 수 있는 게 하나도 없어."

음울한 중얼거림.

"내 손으로 꽃잎 하나라도 틔울 수 있게 된다면, 나의 탄식 으로 구름을 밀고, 노여움이 바람을 불러올 수 있게 된다면 그 때는 내 마음대로 할 수 있는 일이 하나쯤 생길까?"

그가 시름에 젖은 얼굴로 서성일 때, 저쪽 담 아래의 방문이 벌컥 열리더니 장팔봉이 걸어나왔다.

"너는 정말 지독한 놈이구나. 잠도 자지 않고 감시할 셈이 냐?"

매섭게 노려보는 장팔봉을 본 우문한이 낮게 한숨을 쉬고 말했다.

"천만에. 나는 오직 임무에 충실할 뿐이다. 네가 죽어서는 안 되거든."

"어라? 이제는 맞먹자는 거냐?"

여태까지는 그래도 말을 조심하고 꺼려하던 우문한이 자연 스럽게 평대를 하자 기분이 이상해진다.

자존심이 상하는 것 같기도 하면서 왠지 정겹게 느껴지기도 했던 것이다.

'참 묘한 일이네.'

장팔봉은 그런 저의 마음을 알고 의아하게 생각했다.

'하긴, 그 지옥에서 낯을 익혔고, 함께 탈출해 나온 사이라는 게 어디 보통 사이이겠어?'

세상에서 그런 관계를 맺은 자는 또 찾아볼 수 없다. 그러니 저도 모르는 사이에 우문한에 대하여 호감이 생겼던 건지도 모른다.

장팔봉이 어깨를 으쓱해 보였다.

"잘됐네. 잠자기도 틀린 것 같은데 우리 말동무나 하지."

우문한의 기분이야 어떻든 상관없이 쿵쿵거리고 달려와 그와 어깨를 나란히 하고 섰다.

눈살을 찌푸리고 있던 우문한이 돌아보지도 않고 퉁명스럽게 말했다.

"이곳은 위험하다. 나는 굳이 네가 여기 머물겠다고 하는 이유를 모르겠어."

"미인이 있잖아. 그것보다 확실한 이유가 또 필요해?"

"그럼 언제까지고 이곳에 있을 작정이란 말이냐?"

"쳇, 그러고 싶은 마음이 굴뚝같다."

장팔봉을 지그시 바라보던 우문한이 차갑게 말했다.

"행여 나를 따돌릴 생각을 하고 있다면 일찌감치 단념하는 게 좋아."

"제기랄, 강호가 통째로 패전마련의 수중에 들어갔는데 내가 어디로 달아나겠어? 아무리 뛰어봐야 어항 속의 물고기 신세일 텐데. 걱정 붙들어 매라."

장팔봉을 물끄러미 바라보던 우문한이 표정없는 얼굴을 끄덕였다.

　"하긴, 네가 어디로 숨든 찾아내지 못할 것도 아니지."

　"우리 저쪽으로 가자."

　장팔봉이 정원 구석의 연못가로 우문한을 끌고 갔다.

　"솔직히 말해봐."

　"뭘?"

　"대체 너와 무극전 그 양반과는 어떤 사이냐?"

　"말하지 않았던가?"

　"아, 네가 패천마련의 졸개라는 것 말고 다른 것 말이다."

　"정말 몰라서 묻는 거냐?"

　"알면서 또 묻겠어? 내가 너 같은 멍청이인 줄 아냐?"

　"흥."

　"정말이다. 내가 련주를 만나 담판을 지었고, 그래서 마련을 나오기 무섭게 네가 따라붙어 감시하겠다니 네 정체가 궁금해진다. 분명 련주와 보통 사이가 아닐 거야. 제자냐?"

　"마음대로 생각해라."

　"그렇다면 련주 그 양반이 어째서 아끼고 사랑하는 제자를 그 지옥 속에 떨어뜨렸던 것일까? 무언가 속셈이 있지 않으면 그랬을 리가 없지? 안 그래?"

　뭐라고 대꾸하려던 우문한이 눈살을 찌푸리더니 낮고 빠르게 속삭였다.

　"왔다."

"어?"

장팔봉도 무언가 심상치 않은 기색을 느낀 참이었다. 돌아보더니 놀란 소리를 냈다.

어둠 저쪽, 담 아래의 우북한 파초 꽃무더기 속에 한 사람이 우뚝 서 있었던 것이다.

흑의 경장 차림에 두건을 써서 두 눈만 빠끔히 드러나 있다.

'여자?'

장팔봉은 직감적으로 느꼈다. 특히 그 방면으로는 누구보다 발달한 느낌 아니던가. 바윗덩이로 가장하고 있다고 하더라도 그것이 여자라면 백 보 밖에서도 금방 느낀다.

천천히 파초 꽃밭에서 걸어나온 흑의인이 마당 가운데 우뚝 서서 낮고 음침하게 말했다.

"이리 와."

억지로 그러는 것인지, 아니면 입 안에 무엇을 물고 있는 건지, 웅얼거리는 듯한 탁한 음성이었다. 그것만으로는 여자인지 남자인지 가려낼 수가 없다.

'여자 맞군.'

그러나 장팔봉은 이제 확신했다. 아무리 목소리를 감추려고 해도 그의 귀는 눈 못지않게 여자의 음성을 가려내는 타고난 기능이 있었던 것이다.

흑의인이 우문한이 아니라 저를 지목했다는 게 의아하기는 하다.

'시간 보낼 일이 걱정이었는데 마침 잘됐네.'

좀체 잠이 오지 않아 이 긴 밤을 어떻게 보낼까, 고민하던 참인데 흑의여인이 저렇게 때맞춘 듯 나타나서 불러주니 반갑기 짝이 없다.

그게 제 일이라는 건 조금도 생각하지 않는 것 같다.

"나 말이오?"

장팔봉이 짐짓 어리둥절해하며 제 코를 가리키자 흑의여인이 머리를 끄덕였다.

장팔봉이 히죽 웃었다.

'무슨 일이 있어도 날이 밝을 때까지 너를 데리고 놀 테다.'

내심 그런 작정을 하고 싱글벙글 웃으며 느긋하게 다가간다.

흑의여인이 바로 주청에서 보았던 그 아름다운 아가씨일 것이라고 지레짐작한 것이다.

그렇다면 밤새도록이 아니라 하늘이 마르고 땅이 닳아 없어질 때까지라도 데리고 놀아줄 수 있다.

흑의여인이 복면 속에서 매섭게 번쩍이는 눈으로 잡아먹을 듯 노려보았다.

"목숨을 내놔라."

"왜?"

섬뜩한 말이련만 장팔봉은 조금도 놀라지 않았다. 오히려 그럴 줄 알았다는 듯, 더 재미있게 되어서 좋다는 듯이 빙글빙글 웃는다.

"손댔으니까."

"뭘 말이냐?"

"찢어 죽일 놈 같으니."

"내가 죽어 마땅한 이유를 세 가지만 대봐. 그러면 곱게 목을 늘여주지."

"네가 지금 뭐라고 지껄이는 거냐?"

"아니, 이렇게 하자."

"……?"

"세 가지 이유 중 납득할 만한 게 한 가지라도 있으면 내 스스로 죽어주지. 애써 수고할 필요 없으니 좋잖아?"

"흥!"

"하지만 만약 네가 대는 세 가지 이유가 모두 마음에 들지 않으면 그때는 네가 그 복면을 벗고 진면목을 보여주는 거야."

"곧 죽을 놈이 별걸 다 궁금해하는구나?"

"그렇게 결정된 거다. 자, 말해봐."

"첫째."

'보기보다 순진한 아가씨로군.'

흑의녀가 제 말대로 세 가지 이유를 대려 하자 장팔봉은 속으로 피식 웃었다.

그녀가 어떤 이유를 대든 이쪽에서 아니라고 우기면 그만이니 질 수가 없는 내기다.

그러니 그녀는 이유를 내기 전에 장팔봉이 억지를 쓸 수 없도록 무언가 구실을 찾아서 못을 박아둬야 했다.

하지만 앞뒤 생각할 것도 없다는 듯 대뜸 첫 번째 이유를 말하고 있으니 멍청한 건지, 순진한 건지 오히려 감이 잘 안 잡힌다.

"네가 마음에 들지 않아. 엉큼하고 음흉한 그 눈도 그렇고, 못생긴 낯짝도 그래."

"오호?"

"둘째. 네가 마음에 들지 않아."

"……."

"셋째. 이게 가장 중요한 건데, 네가 정말 마음에 들지 않는단 말이야."

'빌어먹을.'

그런 식이라면 흑의녀는 백 가지, 천 가지 이유를 대라고 해도 거뜬히 댈 것이다.

이쪽에서 그게 아니라고 뻗대도 소용없다. 그런 이유를 대고 있다는 것 자체가 뭐라고 하던지 반드시 죽이겠다는 의지의 표현이기 때문이다.

아니, 사람을 죽이는 일에 아무런 거리낌도, 가책도 없는 진짜 냉혈인간이라는 증거다.

밥을 먹다가도 '네가 마음에 들지 않아' 이러면서 제 서방을 서슴없이 젓가락으로 찔러 죽일 그런 여자인 것이다.

'잘못 걸렸다.'

하지만 그녀가 이렇게 나올수록 그 이유가 더 궁금해진다.

"좋아, 이 조건은 없던 걸로 하자. 그런데 진짜 이유가 뭐야?"

"네가 마음에 들지 않아."

"그러니까 왜?"

"너는 풍우주가의 금기를 지키지 않았거든."

"금기?"

"손대면 죽는다."

"웃기는군."

장팔봉이 피식 웃음을 흘렸다.

그런 이유 때문에 누구를 죽인다는 건 개가 들어도 웃을 일이다.

손목 한 번 잡았다고 죽어야 한다면 이 세상에 살아남을 남자는 한 명도 없을 것이다.

'아니지. 이 여자라면 충분히 그렇게 할 만하지.'

코웃음을 쳤던 장팔봉은 그렇게 고쳐 생각했다.

수많은 다른 여자들과는 생긴 것부터 하늘과 땅만큼 다르니 생각하는 것도 다를 수 있지 않겠는가.

고개를 갸웃거린 장팔봉이 히죽 웃으며 흑의녀를 보았다.

"그러니까 내가 손목을 한 번 슬쩍 했다고, 헛!"

느긋이 말하다가 경악성을 터뜨린다.

생각보다 눈이 앞섰고, 눈이 앞섰을 때 그의 몸은 이미 반응하고 있었다.

본능적으로 무영혈마 양괴철의 절세신법인 환영마보를 밟아 몸을 뺀 것이다.

그가 채찍 맞은 팽이처럼 옆으로 맴돈 순간 싯, 하는 쳣소리를 내며 무언가 선뜻한 것이 아슬아슬하게 가슴을 스치고 지나갔다.

'이런!'

장팔봉은 정신 차릴 새 없이 바빠졌다.

두 발이 열 개가 된 듯 어지럽게 움직이는데, 일견 어수선해 보이는 그 교묘함이 흑의녀의 계속된 공세를 간발의 차이로 모두 흘려보냈다.

"흥! 제법이군."

흑의녀는 손에 가느다란 회초리 한 개를 쥐고 있었다. 달빛을 튕겨내며 하얗게 반짝이는 것이 금속을 얇게 펴 만든 게 틀림없다.

그것을 가볍게 흔들어 털고 찌르며 베어대는데, 그 수법이 무엇인지 알아볼 수가 없었다.

손목을 살짝 비틀거나 어깨를 내밀 때마다 회초리가 싯싯, 하는 날카로운 소리를 내며 번쩍거렸다.

그것이 쓸어가는 공간이 천 조각 만 조각으로 쪼개지는 게 보이는 듯하다.

장팔봉은 처음에 당황하고 놀랐으나 신법을 거듭하면서 점점 자신이 붙었다.

적을 상대하면서 처음 펼쳐 보는 것인데 이처럼 신통방통하게 제 몸을 지켜주니 믿음직하면서 자신만만해진다.

'과연 양 사부의 이 환영마보는 신법 중의 최고봉이라고 할 만하구나.'

그런 생각이 들자 지하 뇌옥 안에서는 우습게 보이기만 했던 무영혈마 양괴철에 대하여 새삼스럽게 존경하는 마음이 든다.

'다섯 사부들의 절기가 모두 이처럼 막강한 위력을 발휘하는 것이라면 나는 이미 천하제일의 고수가 되었다고 할 수 있지 않을까?'

그런 자만심이 생기기도 했다.

봉명도를 찾아 그 안의 내공심법을 익히고, 그래서 내공을 쌓기만 하면 절로 그렇게 될 것 같았던 것이다.

그런 생각을 하는 순간에도 장팔봉은 귀신이 된 듯이 어지럽고 가볍게 움직이고 있었다.

회초리가 쏟아내는 날카로운 바람 소리가 뜰에 가득해졌는데, 그 사이를 이리저리 빠져나가며 맴도는 장팔봉은 정말 형체가 없는 귀신인 것 같았다.

신법에만 의지해서 벌써 몇 번이나 화급지경을 넘기고, 흑의녀의 회초리로부터 목숨을 구했는지 모른다.

한쪽에 물러서서 그것을 지켜보던 우문한이 눈을 크게 떴다. 무심하던 그의 얼굴에 놀람이 가득해진다.

'저게 바로 환영마보인가?'

제 눈으로 이처럼 보기는 처음이라 가슴이 두근거렸다. 내공이 일천한 장팔봉이 펼쳤는데도 저 정도인데 무영혈마 본인이 펼쳤다면 어땠을 것인가, 하고 생각하자 아찔해졌다.

누구도, 그 무엇으로도 무영혈마를 잡을 수 없을 것이다.

그러는 동안에도 혹의여인은 더욱 장팔봉에게로 파고들며 매섭게 회초리를 휘둘러 댔다.

찌르고 베는 것으로는 잡을 수 없다고 판단했는지 이제는 어지럽게 때리는 타법(打法)으로 바꾸었다.

씽씽거리며 사방에 떨어지는 회초리가 마치 여름날 소나기 퍼붓듯 한다.

몇 번 숨을 몰아쉴 만한 시간 동안에 그처럼 격렬하고 위험한 공격이 무려 열다섯 차례나 이어졌다.

두 사람의 움직임이 점점 빨라져서 나중에는 누가 누구인지 분간할 수 없을 지경에 이르렀다.

"이봐, 거기서 구경만 하고 있을 거야? 좀 도와주면 안 돼?"

어지럽게 엉킨 그림자 속에서 장팔봉의 절규 같은 외침이 터져 나왔다.

그러나 우문한은 꿈쩍도 하지 않았다.

두 사람의 싸움이 어떻게 되든 전혀 관심없다는 태도로 뒷짐마저 진 채 구경할 뿐이다.

"제기랄! 내가 죽으면 너도 무사할 수 없을 것 아니냐? 그러니 어떻게 좀 해봐!"

그러나 우문한은 여전히 아무런 반응도 하지 않았다.

혹의녀만이 더욱 독이 올라 몇 배는 더 매섭게 회초리를 휘둘러 댈 뿐이다.

그녀는 손쉬울 것으로 짐작했던 장팔봉이 이렇게 미꾸라지처럼 잘 빠져나갈 줄은 몰랐던 터라 내심 당황하고 있었다.

이까짓 놈 하나 잡지 못하고 있는데, 저쪽에서 구경하고 있는 우문한이 달려든다면 감당할 수 없을 것이라는 초조함에 더욱 서두른다.

장팔봉도 마음이 급해졌다.

손을 쓰자니 그녀를 다치게 할까 봐 두려웠고, 이렇게 도망만 다니고 있자니 언제 저 회초리에 한 대 맞을지 몰라 불안했던 것이다.

어디든 한 대 맞으면 예리한 검으로 베인 것처럼 심각한 상처를 입고 말 것이니 더 그렇다.

"이봐, 어떻게 좀 해봐! 그렇게 구경하고 있으니까 재미 좋냐?"

소리쳐 보지만 우문한은 여전히 꼼짝도 하지 않았다.

기껏 무감정한 어투로 한마디 했을 뿐이다.

"아주 재미있어하는 것 같은데 그래? 엄살떨지 말고 조금 더 버텨봐라."

"빌어먹을 놈 같으니!"

우문한의 무정함에 울화통이 치밀었지만 더 생각할 여유가 없었다. 매섭게 휘둘러 오는 흑의녀의 회초리가 몇 배는 더 빠르고 사나워졌기 때문이다.

우문한이 돕기 전에 끝낼 작정을 한 것이리라.

"젠장, 좋아. 장난이 아니었단 말이지?"

기어이 장팔봉이 불쑥 손을 뻗었다. 그러자 어둠 속에서 하얀 손 그림자가 이리저리 어지럽게 흔들렸다.

한 개이던 것이 열 개가 되더니 백 개, 천 개로 순식간에 불어났다.

눈앞의 공간이 온통 새하얀 손 그림자로 덮인 듯한 착각이 들 지경이다.

피하기만 하던 장팔봉이 독안마효 공자청의 염왕진무를 펼친 것이다.

무정철수 곽대련의 수공을 펼쳐 볼까? 하고 생각했지만 그것이 극강한 절기라서 펼치지 못했다. 흑의녀에게 상처를 입히고 싶은 마음이 조금도 없기 때문이다.

따당, 땅, 땅!

그의 손과 부딪친 회초리에서 몇 차례 낭랑하고 높은 쇳소리가 터져 나왔다.

장팔봉은 팔목에 구리로 만든 비구를 두르고 있었는데, 그것으로 흑의녀의 회초리를 받아낸 것이다.

"엇? 이게 대체 무슨 수법이지?"

흑의녀가 까마귀 우는 것 같은 소리로 크게 외쳤다.

너무 놀라고 당황해 제 본래의 음성을 드러내고 말았다.

장팔봉이 즉시 소리쳤다.

"이런, 아가씨인 줄 알았더니 할망구잖아?"

환상이 깨지면서 홍도 사라져 버렸다. 그런 한편으로는 반갑기도 했다.

'그러면 그렇지. 그 아름답고 청순가련한 아가씨가 이처럼 지독한 심보를 가졌겠어?'

장팔봉이 급히 몸을 물리며 다시 소리쳤다.

"알고 보니 할망구였구나? 쳇! 그렇다면 더 어울려 놀 이유가 없지!"

"에잇!"

제 마음대로 되지 않는 게 속상한지, 흑의노파가 매섭게 소리치며 쫓아 들어왔다. 수법을 더욱 맹렬하게 하여 몰아친다.

이제는 씽씽거리는 소리만 허공에 가득할 뿐, 회초리의 그림자조차 보이지 않았다.

그것이 품고 있는 살기가 더욱 짙어져서 스쳐 가는 바람에도 살갗이 아플 정도였다.

극쾌(極快)와 극변(極變). 흑의노파의 회초리는 그것이 무엇인지 여실히 보여주었다.

가볍게 털어대는 손목인데도 회초리 끝에서 느껴지는 힘이 무섭다.

장팔봉은 제 몸에 무기가 될 만한 게 아무것도 없다는 걸 처음으로 원망하고 후회했다.

이제 눈으로 노파의 회초리를 쫓는다는 건 불가능해졌다. 본능적으로 피하고 감각적으로 반격할 뿐이다.

다른 사람이었다면 노파의 그 번갯불을 열로 쪼갠 듯한 공격 앞에서 촌각을 버티지 못하고 가슴이 뚫리거나 목이 베어져 죽었을 것이다.

검보다 날카롭고 칼보다 예리하면서도 가볍기는 수수깡을 든 것 같을 테니 노파에게 그것보다 잘 맞는 무기는 또 없을 것이다.

그리고 노파는 그것을 다루는 법을 화신지경에 이르렀다고 할 만큼 잘 알고 있었다.

세게 휘두를수록 회초리는 바람의 저항을 받아 낭창낭창 휘어진다. 노파는 그것마저 절묘하게 이용하고 있었다.

제멋대로 움직이는 회초리 끝이 어디를 때리고 어디를 찔러올 건지 짐작할 수가 없다.

스치기만 해도 살갗이 쩍쩍 벌어질 정도로 위력적이었다. 그러니 정통으로 맞았다가는 칼로 찍힌 듯 살과 뼈가 뭉텅 떨어져 나갈 것이다.

장팔봉이 매사에 능글맞고 여유있게 구는 건 실력을 떠나서 항상 '나는 절대로 죽지 않는다' 는 자신감을 가지고 있기 때문이었다.

어떤 상황이 되었든 내 한 몸은 지킬 수 있다는 자신감이 없고서야 어찌 칼 앞에서 느물거릴 수 있을 것인가.

하지만 지금은 난생처음으로 두려움을 느끼며 정신없이 움직이고 있었다.

등줄기에 식은땀이 났다.

무영혈마와 독안마효 두 사부의 절기가 아니었더라면 벌써 수십 번도 더 회초리에 얻어맞고 베었을 것이다.

따당!

그의 손이 또 한차례 요란한 쇳소리를 튕겨냈다. 코앞에서 크게 휘어졌다가 불쑥 목을 베어오는 노파의 회초리를 가까스로 쳐낸 것이다.

화가 났다.

'내가, 이 장팔봉이 기껏 노파 하나를 당하지 못하고 이렇게
쩔쩔매다니!'

그런 울분이 솟구친다.

저쪽에서는 우문한이 여전히 뒷짐을 진 채 남의 집 불구경
하듯 바라보고 있었다.

겉으로는 태연했지만 속셈은 장팔봉이 얼마나 버티는지, 그
가 몸에 익히고 있는 다섯 노괴물들의 절기가 과연 어떤 수준
인지 이번 기회에 똑똑히 보아두려는 게 분명하다.

그런 우문한의 태도에 장팔봉은 더욱 화가 났다.

"할망구! 억지를 쓰는 것도 정도가 있어야지. 이제 더 이상
은 봐주지 않겠어!"

스산하게 말한 장팔봉이 손발에 부쩍 힘을 실었다.

나타팔장(羅朶八掌)이라는 장법으로 눌러 나가자 후웅— 하
고 웅장한 바람 소리가 났다. 그것이 노파의 회초리가 토해내
는 날카로운 휘파람 소리에 섞이며 마치 합주를 하듯 기묘한
공명음을 허공에 퍼뜨린다.

노파의 수법도 더욱 흉악해졌다. 삼 단계에 걸쳐 수법과 공
격의 강도를 더해간 것이니 그녀 또한 장팔봉을 상대하기 위
해 모든 새주를 다 펼치고 있는 것이다.

'대체 이게 뭐지?'

장팔봉은 경황 중에도 크나큰 호기심을 느꼈다. 눈을 부릅

뜨고 지켜봐도 노파의 이 절묘한 솜씨가 무엇인지 조금도 알수 없으니 그렇다.

이 수법으로 회초리 대신 검을 휘두른다면 그야말로 강호에둘도 없이 쾌속한 검법이 될 것이고, 칼을 휘두른다면 무지막지한 도법이 될 것이다.

그래서 더 구경해 보고 싶지만 이제는 지루해졌다.

'이것도 안 통한다면 달아날 수밖에 없지.'

각오를 단단히 한 장팔봉이 독안마효 공자청의 염왕진무 중일기천타(一氣千朵)의 수법으로 두 손을 어지럽게 휘둘렀다.

염왕진무에 들어 있는 몇 개의 장법 중 빠르고 정교한 초식으로써, 나타팔장의 수법 중 하나이기도 하다.

천 가닥의 버들가지가 축축 늘어진 것처럼, 그의 두 손이 뿌려대는 손 그림자가 사방을 물샐틈없이 가렸다.

바람 한줄기도 뚫고 들어가지 못할 완벽한 수벽(手壁)을 친것이다.

따다다당―!

그의 비구에 부딪친 회초리가 요란한 소리를 쏟아내며 튕겨져 나갔다. 윙윙거리는 그것의 울림이 허공에 가득해진다.

한 바가지의 물을 뿌려도 물방울 하나 뚫고 들어가지 못할만큼 엄밀한 손 그림자.

흑의노파는 그 앞에서 분노와 절망을 느꼈다. 자신의 회초리로는 장팔봉의 저 손 그림자를 뚫을 수 없다는 걸 알았기 때문이다.

그런 와중에도 노파는 의아하게 생각했다. 장팔봉이 내공을 운용하지 않았기 때문이다.

그가 수법에 내공을 실어서 상대했더라면 자신은 더 견디지 못하고 벌써 나가떨어졌을 것이라고 인정하지 않을 수 없다.

그런데 눈앞의 얄미운 놈은 수법에 내력을 싣지 않았다. 그저 정교하고 지독한 초식으로 상대할 뿐이다. 그런데도 불구하고 이렇게 자신의 회초리를 농락하고 있으니 더욱 기가 막힌다.

장팔봉이 저를 놀리는 거라고 생각한 노파가 빠드득, 이를 갈 때 허공을 가득 뒤덮은 그의 손 그림자 속에서 불쑥 무엇이 튀어나왔다. 희끗한 것이 왈칵 얼굴로 달려든 것이다.

"앗!"

노파가 깜짝 놀라 처음으로 비명을 터뜨렸다.

그녀의 눈에는 그것이 하얀 뱀 한 마리가 홀쩍 뛰어 달려드는 것으로 보였던 것이다.

여자라면 누구나 뱀을 징그러워하고 싫어하게 마련이다. 노파라고 다를 수 없다. 그래서 더욱 기겁을 한 노파가 진저리를 치며 물러섰다.

그러나 허연 그것은 부드럽게 꿈틀거리며 끈질기게 달라붙었다. 자유자재로 허공을 휘저으며 목을 감으려고 달려든다.

노파는 그것의 정체를 확인해 볼 정신도 없었다. 오직 징그럽고 끔찍한 생각만 들어 정신없이 뒷걸음질치며 허둥지둥할 뿐이다.

짝!

그것이 갑자기 대가리를 처박더니 노파의 손등을 호되게 때렸다.

"악!"

노파가 비명과 함께 몸을 웅크렸다. 마치 쇠몽둥이로 맞은 것처럼 지독한 통증이 한 팔을 마비시킨다.

"두고 보자!"

가까스로 회초리를 놓치지 않은 노파가 이를 갈며 훌쩍 몸을 날렸다.

온 힘을 다한 듯, 그녀의 검은 그림자가 일 장 남짓한 높이의 담을 단번에 뛰어넘어 쏜살처럼 사라졌다.

第十章

지마(地魔) 종자허(琮慈虛)

鳳鳴刀
봉명도

지마(地魔) 종자허(琮慈虛)

"자네의 솜씨는 정말 놀랍군. 아주 멋진 수법이었어. 그런데 그게 뭐라는 거지?"

흑의노파가 사라지고 나자 우문한이 놀란 얼굴로 말하며 엄지손가락마저 치켜세웠다.

장팔봉이 손에 쥐고 있는 건 허리띠였다. 왼손으로는 겉옷 자락을 움켜쥐고 오른손으로 허리띠를 교묘하게 움직여 노파를 놀라게 했던 것이다.

"내가 곤란할 때는 모른 척하고 실컷 구경만 하더니 나에게 해줄 말이 고작 그것뿐이냐?"

"훌륭했다고. 그러면 되지 않았어?"

매섭게 노려보던 장팔봉이 한숨을 내쉬었다.

"그만두자, 그만둬. 너 같은 놈과 무슨 말을 하겠냐?"

"그게 무슨 수법이었는지 아직 말해주지 않았다."

"이름도 없어. 그냥 살자고 몸부림쳐 보았던 거다."

"뭐라고?"

우문한이 눈을 크게 떴다.

씩씩거리며 제 방으로 돌아가는 장팔봉의 뒷모습을 바라보는 눈이 이글거린다.

'저놈이 설마 다섯 노괴물들의 절기를 제 마음대로 변형시키고 응용할 만큼 되었단 말인가? 벌써 그렇게 되었다고?'

믿을 수 없다.

하지만 그가 고작 허리띠를 풀어 들고 펼쳐 보였던 그 절묘한 수법은 대체 뭐라고 해야 설명이 가능할까.

우문한은 장팔봉이 촌각을 다투는 급박한 상황 속에서도 기막힌 임기응변의 초식을 만들어냈다는 걸 인정하지 않을 수 없었다.

다섯 노괴물들의 절기를 완전히 익숙해지도록 익히지 않고서는 불가능한 일이다.

멍하니 서 있던 우문한이 머리를 설레설레 흔들더니 땅이 꺼지도록 한숨을 내쉬었다.

날이 밝았다.

지난밤의 일이 꿈속인 것처럼 멀게 느껴지는 아침이다.

흑의노파가 다녀간 후로 아무도 찾아오지 않아서 후원은 텅 빈 것처럼 적막하기만 했다.

그리고 날이 밝았으니 또 떠나야 한다.

객방을 나온 장팔봉은 우문한이 보이지 않는다는 걸 알고 의아해졌지만 신경 쓰지는 않았다.

저에게도 발이 달렸으니 어디든 가고 올 수 있는 것 아니겠는가.

떠나라고 등 떠밀고 눈 부라려도 목적이 있는 놈이니 절대로 떠나지 않을 것이다.

어디론가 제 볼일을 보러 잠시 나간 모양이라고 여긴 장팔봉은 느릿느릿 후원을 가로질러 객잔의 주청으로 나갔다.

그리고 거기에서 그를 보았는데, 장팔봉은 귀신을 본 것처럼 놀라 뻣뻣이 굳어버렸다.

우문한 때문이 아니라 그와 마주 앉아 있는 끔찍한 한 사람을 보았기 때문이다.

"억!"

저절로 온몸이 굳어버리고 찢어질 듯 눈이 커진다.

"왜 이제 와? 배고파 죽을 뻔했잖아. 정말로 죽으면 네가 책임질 거야?"

'으아악! 어째 이런 일이······!'

활짝 핀 모란꽃 같은 중년의 여인. 누가 보든 황홀함과 포근함을 함께 느낄 만한 그런 여인이었다.

하지만 그녀의 정체를 누구보다 잘 알고 있는 장팔봉에게는 결코 마주치고 싶지 않은 끔찍한 존재일 뿐이었다.

염라화 백무향인 것이다.

그녀의 저 아름다운 용모가, 저 우아한 자태가 그리고 저 천 연덕스런 교태가 모두 거짓이고 가짜라는 걸 알고 있다는 건 결코 행복한 일이 아니었다.

백무향이라는 존재에 대한 두려움 때문이 아니라, 저렇게 화사한 중년의 미부를 앞에 두고도 조금의 감정을 느낄 수 없 으니 그렇다.

그건 허기진 자가 맛있어 보이는 음식을 앞에 두었지만, 그 게 먹을 수 없는 가짜라는 걸 알았을 때의 절망감 같은 것이 다.

그래서 속이 상하고 심통이 난다.

장팔봉을 향해 방긋방긋 웃고 있는 그녀 앞에서 우문한은 고개를 숙인 채 묵묵히 앉아 있기만 했다.

염라화는 대신의가산의 패천마련 총단을 떠나기 전 우문한 에게 경고했었다.

제가 있는 곳의 반경 일백 리 안에는 들어오지 않는 게 좋을 거라고.

하지만 지금 우문한은 염라화와 마주 앉아 있었다. 언제 그 녀가 흉성을 드러내고 손을 쓸지 모르니 좌불안석일 수밖에 없다.

이른 아침인데도 주청에는 어제의 그 사람들이 그대로 있었 다. 밤새 꼼짝하지 않고 저렇게 앉아 있었던 것 같다.

어젯밤, 후원에서 그런 소란이 있었는데도 다들 아무것도 모르는 것 같으니 이상하기도 하다.

장팔봉의 눈길이 그중 한쪽 구석에 묵묵히 앉아 있는 백면서생에게 향했다.

'수상한 놈.'

의심을 떨쳐 버릴 수 없었다.

피 냄새 때문이다.

이 아침부터 백면서생에게서는 피 냄새가 느껴지고 있었던 것이다. 그러고 보니 새벽길을 다녀온 것처럼 옷자락이 젖어 있었다.

누가 보든 그는 병약해 보이는 우울한 백면서생이었을 뿐이다. 그러나 이제 장팔봉은 더 이상 그를 백면서생으로 보지 않았다.

위험을 감추고 있는 짐승. 그게 그의 정체라는 걸 장팔봉은 본능적으로 안 것이다.

그리고 그런 짐승은 그자뿐만이 아니었다.

어제는 그저 수상한 것들이라고만 생각했을 뿐, 크게 신경 쓰지 않았는데, 이 아침에 다시 보니 모두 위험한 짐승 같은 자들로 보였다.

지난밤에 흑의노파에게 놀랐기 때문인지도 모른다.

'이제 보니 이곳은 단순한 객잔이 아니었어. 이곳이야말로 개미지옥 같은 곳이로군.'

절로 그런 생각이 든다.

"여기서 며칠 묵을까?"

백무향의 코맹맹이 소리가 장팔봉의 상념을 깨웠다.

"응? 뭐라고 하셨소?"

"급한 일도 없잖아? 나도 그래. 그러니 며칠 묵자고."

"백 사고야 급한 일이 없을지 몰라도 나는 그렇지 않소."

"아이, 그렇게 부르지 말랬잖아. 이제는 그냥 누님이라고 해라. 응?"

'욱— 이런 젠장.'

백무향의 교태를 보면서 장팔봉은 구역질이 넘어오는 걸 간신히 참아야 했다.

오만상을 찡그린다.

'정말 염병할 짓이라니까. 아는 게 죄야, 죄. 에휴—'

그런 생각을 하게 되는 건 저 활짝 핀 꽃처럼 화사하고 교태가 하늘을 찌르는 미녀를 미녀로 볼 수 없기 때문이다.

그녀의 정체가 칠십 살 먹은 노파라는 걸 생각하면, 그리고 눈앞의 화사하고 뽀얀 얼굴을 보면 마구 헷갈리지 않을 수 없었던 것이다.

노파가 노파답지 않으니 혐오스럽기까지 하다.

하지만 그런 사정을 모르는 다른 사람들은 장팔봉과 같지 않았다.

그녀를 바라보는 그 다섯 명의 '위험한 짐승'들은 넋이 나간 듯, 홀린 듯 멍한 눈길을 백무향의 얼굴에서 떼지 못하고 있었다.

흐릿해진 눈길에 간절한 욕망이 이글거린다.

'제기랄, 이 요녀 할망구가 또 환희마령을 펼쳤구나.'

장팔봉은 즉시 그걸 알아챌 수 있었다.

우문한이 저렇게 고개를 푹 숙이고 있는 이유도 저절로 알아진다. 그녀와 눈을 마주치지 않으려고 그러는 것이다. 그녀의 얼굴만 보아도 감염되듯이 환희마령에 걸려들 위험이 크니까 그렇다.

'이게 역시 보통 놈들이 아니로군.'

백무향이 보일 듯 말 듯 살짝 이마를 찌푸렸다.

그녀 또한 주청 안에 있는 다섯 사내의 수상함을 느꼈던 것이다. 그래서 슬쩍 환희마령을 흘려보았다.

그자들의 반응 정도를 보면 무공 수위를 짐작할 수 있기 때문이다.

그런데 제법 잘 버티고들 있지 않은가.

생각보다 훨씬 강한 자들이다.

이것들을 어떻게 할까, 하고 잠시 생각하던 백무향이 다시 장팔봉을 향해 배시시 웃어 보였다.

장팔봉이 도와달라는 눈길을 우문한에게 보내지만 그는 독한 화주를 신경질적으로 꿀꺽, 넘길 뿐이었다. 그의 눈이 저쪽에 앉아 술잔을 만지작거리고 있는 백면서생의 그것처럼 우울해져 있었다.

'쳇, 쓸모없는 놈 같으니.'

속으로 혀를 찬 장팔봉이 백무향을 노려보듯 마주 보았다.

화사한 미소를 짓고 있는 그녀와 눈이 마주치자 가슴이 사정없이 흔들린다. 하지만 장팔봉은 꿋꿋하게 참을 수 있었다.

그녀에게 정신을 빼앗길 것 같으면 억지로라도 그녀의 정체를 생각하는 것이다. 그러면 마음속에 끓어올랐던 욕망이 싸늘해지고 만다.

"할 말이 있소."

장팔봉이 입술을 잘근 깨물고 말했다.

표정이 굳어졌고 말투가 딱딱하다.

"방에 들어가서 하면 안 돼?"

"우리 둘이서만 말이오?"

"그럼 어때서? 오붓하고 좋지 않겠어?"

"싫소."

"어째서? 내가 잡아먹기라도 할까 봐 무서워?"

"아니, 마음이 약해지거든."

"그럼 다음에 말해라. 나는 꼭 방 안에서 들어야겠어."

"그것도 싫소. 나는 꼭 지금 해야겠소이다."

"그래? 네 고집을 누가 말리겠어? 할 수 없지 뭐. 그럼 그렇게 해."

턱을 괴고 생글생글 웃고 있는 그녀를 물끄러미 바라보던 장팔봉이 다시 우문한을 힐끔 훔쳐보았다.

그에게는 도와주고 싶은 마음이 조금도 없는 게 틀림없었다. 아예 이 일과 상관없는 사람이라도 되는 듯 외면하고 있지 않은가.

'제기랄.'

장팔봉이 제 앞의 술잔을 들어 한입에 화주를 털어 넣었다.
탁! 하고 잔을 내려놓으며 말한다.

"우리 약속이고 뭐고 다 때려치우고 다시는 만나지 않았으면 좋겠소이다."

"왜? 내가 왜 그래야 해?"

그녀가 깜짝 놀라리라고 생각했는데 전혀 그렇지 않다.

얼굴색 하나 변하지 않은 채 여전히 생글생글 웃는다.

"이유가 있을 거 아냐? 내가 납득할 만한 이유를 세 가지만 대봐."

장팔봉은 마음을 독하게 먹었다.

여기서 확실히 해두어야 한다고 결심한 것이다. 그렇지 않으면 내내 이 요녀의 그늘에서 벗어날 수 없게 될 것이다.

"첫째, 나는 이제 백 사고가 싫어졌거든."

"응."

"둘째, 나는 이제 백 사고가 지겨워졌어."

"그렇구나."

"셋째, 이게 가장 중요한데, 나는 이제 백 사고가 정말 지겨워졌거든?"

"호호호호—"

그녀가 실핏줄이 드러나 있는 투명한 손을 들어 입을 가리고 까르르 웃었다.

그리고 물끄러미 바라보더니 태연하게 말했다.

"그럼 그렇게 해."

"뭐라고?"

장팔봉이 오히려 놀라서 눈을 둥그렇게 뜨고 그녀를 바라보았다.

펄펄 뛰리라고 예상했다. 마구 화를 내거나, 죽여 버리겠다고 달려들기라도 해야 할 것이다.

그런데 그녀는 장난하듯 말하고 있었다.

"네가 지겹다니 그런가 보지 뭐. 내가 지겹게 생긴 모양이네."

"……."

"네 마음대로 해."

"농담 아니오."

"누가 뭐랬어?"

여전히 생글생글 웃는다.

'제기랄!'

무언가 개운치가 않았다. 이게 아닌데, 하는 생각도 든다. 하지만 이미 꺼낸 말이다. 또 마음으로 원했던 일이기도 하다.

장팔봉은 그녀가 저를 찾아서 이곳에 왔다고는 생각하기 싫었다. 그냥 지나가다가 우연히 들른 것이라고 믿고 싶다. 그렇게 믿는다.

이제부터는 생판 모르는 남남으로 돌아설 것이라고 스스로 거듭 다짐했다.

"그럼 나는 이만 가겠소이다."

"누가 잡았어?"

그녀의 무심한 말에 어이가 없는 건 왠지 서운한 마음이 들기도 해서였다.

한편으로는 붙잡고 매달려 주기를 바랐던 건지도 모른다.

혀를 찬 장팔봉이 벌떡 일어났다.

따라 일어날 줄 알았던 우문한은 여전히 고개를 숙인 채 꼼짝도 하지 않고 있었다.

백무향에게 어떤 제약을 받고 있는지도 모른다고 생각한 장팔봉은 더 이상 미적거리지 않았다.

이 기회에 저놈마저 떼어놓을 수 있다면 더 잘된 일 아닌가.

"사고, 그럼 보중하세요."

포권하고 정중하게 인사했지만 백무향은 돌아보지도 않았다. 어서 가라는 듯 손사래를 치며 건성으로 한마디 했을 뿐이다.

"너도 행복하게 잘살아."

멍하니 그녀를 바라보고 우문한을 바라본 장팔봉이 성큼성큼 떠났다.

주청을 나가기 전 한 번 힐끔 뒤돌아본 건 백무향 때문이 아니다.

오늘 아침에는 웬일인지 그 아가씨가 한 번도 나오지 않았기 때문이다. 그녀의 얼굴을 보지 못하고 떠난다는 게 아쉬움으로 남지만 더 머뭇거리고 있을 수 없다.

'이제야 숨 좀 쉬면서 살겠군. 잘됐어. 암, 잘된 일이고말고.'

시원섭섭하다고 해야 할 묘한 감정이 자꾸만 뒤통수를 간질거렸다. 하지만 돌아봐서는 안 된다.

'이렇게 그 요녀 할망구로부터도 자유의 몸이 된 건가?'

믿어지지 않아서 뒤를 돌아보았다.

더 이상 그 수상한 객잔은 보이지 않았다. 파도처럼 출렁거리고 있는 갈대밭만 저 멀리에 있다.

"술."

낮고 우울한 음성이다.

우문한이 독한 화주를 철철 넘치도록 따라주었다.

한 모금에 홀짝, 마셔 버린 그녀가 멍하니 허공을 바라보다가 또 말했다.

"술."

쪼르르르—

우문한은 술을 따르고 그녀는 홀짝, 홀짝, 마신다.

취기가 돌아 발그스레해진 그녀의 볼이 파르르 잔경련을 일으켰다.

"나쁜 놈! 개자식! 배신자! 돼지새끼!"

기어이 그녀에게서 날카로운 음성이 터져 나왔다. 노여움으로 파르르 떠는 음성이었다.

우문한은 바짝 긴장하여 저도 모르게 주춤, 몸을 물렸다.

와르르르—

백무향이 한 팔을 뻗어 신경질적으로 탁자 위를 쓸어버렸다. 술잔이며 접시들이 떨어져 요란한 소리를 내며 깨지고 흩어졌다.

그녀가 탁자를 꽝꽝 두드려 가며 다시 소리쳤다.

"뭐? 약속을 없는 걸로 하자고? 네 마음대로? 홍! 나를 어떻게 보고 그따위 수작을 하는 거야? 내가 그렇게 만만해 보여? 내가 제까짓 놈을 죽이지 않는 게 무서워서 그러는 줄 아는 거야? 앙?"

아무도 말하는 자가 없다.

뚝!

폭포처럼 쏟아내던 고함이 갑자기 멎었다.

"술."

쪼르르르—

우문한이 여전히 긴장한 얼굴로 쥐고 있던 제 잔에 술을 따라 내밀었다.

그녀가 잔을 받으며 우문한을 빤히 바라보았다.

"왜? 재미있어? 지금 나를 비웃고 있는 거지?"

"그, 그건 아니올시다."

"홍! 다 알아. 네놈이 오래전부터 음흉한 마음을 품고 있었다는 것 말이야."

"……"

"나를 어떻게 해보고 싶지? 응? 그렇지?"

"으음—"

우문한이 얼굴을 찌푸리고 그녀의 눈길을 외면했다.

백무향이 신경질적으로 술잔을 기울여 독한 술을 한입에 털어 넣고 그를 노려보았다.

"가져봐. 지금이 아주 좋은 기회야. 자, 나는 이렇게 취해 있잖아?"

"……."

우문한이 당황한 얼굴로 그녀를 바라보았다. 더욱 긴장한다.

"흥! 못하지? 너는 용기가 없어. 그래서 잼병이야."

"……."

"너 그거 아니? 사내가 말이야, 용기가 없으면 매력도 없다는 거."

"백 어르신, 정말 취하셨군요."

"개자식."

"……!"

우문한이 흠칫 놀라 바라보았다. 하지만 그녀의 욕은 그에게 한 것이 아니었다.

"흥! 그렇게 쉽게 될 줄 알고? 뭐든 제 마음대로지. 아주 못됐어. 약속이고 뭐고 다 팽개치고 그냥 죽여 버릴까 보다."

표독한 얼굴이 되어 중얼거린다. 그녀의 그런 모습을 바라보는 우문한의 눈길에 갈등이 어렸다.

"뭐 해? 정말 뒈지게 놔둘 거야? 가서 좀 도와줘야 하지 않겠어?"

"응?"

"이 꼴로 내가 가기를 바라는 거냐?"

"휴—"

길게 한숨을 내쉰 우문한이 느릿느릿 일어섰다.

주청 안에 있는 자들은 마치 목석이기라도 한 듯 꼼짝도 하지 않고 있었는데 오직 한 사람, 남쪽에 앉아 있던 백면서생만 어디로 갔는지 보이지 않았다.

주청을 떠나기 전 우문한이 무의식적인 듯, 힐끔 백면서생이 앉아 있던 남쪽의 빈자리를 바라보았다.

*　　　*　　　*

그가 있다.

주청이 아닌 이런 곳에서 보게 되니 낯설다.

갈대밭을 지나 들어선 오솔길.

아직 아침의 안개가 남아 흐르고 있는 울창한 송림 속. 소나무 그늘 아래 그가 우두커니 서 있었다.

젖은 나무 둥치에 등을 기대고 서서 초점없는 눈길을 허공에 던지고 있다.

바람에 낡은 장삼 자락이 흔들린다.

위험한 짐승이었다.

장팔봉이 머리를 갸웃거렸다.

'피 냄새……'

여전히 떠나지 않는 불쾌한 그 느낌. 그리고 미약하게 감지

되는 살기.

'위험한 짐승'은 그것을 감추고 있었지만, 장팔봉의 타고난 감각까지 속일 수는 없었다.

'왜?'

불쑥 그런 의문이 들었다.

그를 발견한 즉시 장팔봉이 망설이며 서 있는 건 가슴을 쿵쾅거리게 하는 어떤 불길함 때문이었다.

죽음의 냄새. 피 냄새. 그리고 그것이 하나가 되어 다가오는 어둠이다.

백면서생이 천천히 이쪽을 바라보았다. 기다려도 그가 다가오시 않자 지루해진 것인지도 모른다.

"달아날 거냐?"

십여 장을 느릿느릿 건너오는 우울한 음성.

장팔봉이 저도 모르게 주춤, 한 걸음 물러섰다.

"나를 죽일 셈이지?"

"이제야 기회가 왔으니까."

"기회?"

"너는 벌써 죽었어야 할 몸이야. 그러니 그들에게 감사해라."

"누구 말이냐?"

"네 여자와 그 사내."

백무향과 우문한을 말하는 것이다.

백면서생은 그들 때문에 장팔봉을 죽이지 못했다고 투덜대고 있었다.

그들이 껄끄러운 자들이라는 걸 본능적으로 느낀 것이리라.

"이리 오지 않을 거냐?"

"죽인다면서?"

"도망갈 수도 없을 거야."

"그래? 그렇다면 뭐 할 수 없는 일이네."

어깨를 으쓱해 보인 장팔봉이 천천히 다가가기 시작했다.

느긋한 걸음걸이지만 그는 속으로 한껏 긴장하고 있었다. 두려울수록 태연을 가장하고, 긴장할수록 느긋함을 가장하는 데에 이미 익숙해져 있다.

한 걸음, 한 걸음 거리가 좁혀질수록 온몸으로 느껴지는 기감이 증폭되었다.

백면서생, 종자허는 우울한 얼굴 그대로 장팔봉을 바라보고 있었다. 그저 가만히 서 있을 뿐, 어디에도 살벌한 기색이 없다.

'이놈은 정말 위험한 짐승이다.'

장팔봉은 숨이 턱 막혀서 더 이상 다가가지 못했다. 열 걸음 앞이다.

그를 물끄러미 바라보던 종자허가 입술 끝을 약간 일그러뜨렸다. 비웃는 건지, 미소를 띤 건지 분간이 가지 않는다.

"추 파파를 놀라게 했다더니 역시 제법이다."

"뭐라고?"

"어젯밤에 말이다."

"그 복면의 노파가 추 파파로군? 그런데 그게 누구냐?"

"알 것 없어. 어쨌든 인정해 주지. 나를 제대로 느낀다는 것만으로도 충분해."

'이놈은 나보다 더 예민하고 섬세하다.'

장팔봉은 그렇게 생각했다.

병색을 띠고 있는 저 우울한 얼굴을 보고 누가 그를 경계하겠는가. 하지만 종자허가 풀숲에 엎드린 살모사 같은 자라는 걸 이제 장팔봉은 잘 알았다.

살갗이 따갑도록 그의 기운이 느껴진다.

"대체 누가 그따위 엉터리 규칙을 만들어놓은 거냐?"

"뭘?"

되물은 종자허가 곧 머리를 끄덕였다.

"아하, 그것 말이구나?"

"그래."

"그게 뭐 어때서? 네 마음에 들지 않는 모양이구나?"

"객잔에서 종업원 아가씨의 손목을 잡고 엉덩이를 두드리는 것쯤이야 마누라도 눈감아준다. 그걸 가지고 죽이네, 살리네 하는 건 정말 웃기는 일이야."

"웃기지."

"그렇지? 그럼 이제 그만두는 거냐?"

"그런데 나한테는 하나도 웃기는 일이 아니거든."

"어째서?"

"그건 알 것 없어."

하지만 장팔봉은 그 말을 할 때 반짝이는 그의 눈을 보고 벌써 알아챘다.

장팔봉이 변명하듯 말했다.

"벙어리 소녀의 성도 나는 아직 몰라."

그저 한 번의 호기심이고 충동이었을 뿐, 빼앗고 싶은 마음이 없었다는 뜻이다. 하지만 통할 리가 없다.

"내가 가르쳐 주지. 그녀의 성은 진(秦) 씨야. 이제 됐지?"

"되다니? 뭐가?"

"죽어도 원이 없을 거 아니냐는 말이다."

"쳇, 끈질긴 놈이로구나."

종자허가 지루한 얼굴을 하고 천천히 송림 밖으로 걸어나왔다. 장팔봉은 주춤 세 걸음 물러선다.

'이건 힘들겠다.'

저도 모르게 그런 생각이 들었다.

울 듯한 얼굴로 천천히 다가오고 있는 종자허가 저승사자처럼 보인다.

"반항하면 고통만 커질 뿐이다."

다섯 걸음 앞까지 다가와 선 종자허가 중얼거리듯 말했다.

"미친놈."

불쑥 오기가 솟구친 장팔봉이 여태까지와는 다르게 싸늘한 눈빛을 쏘아냈다.

"얌전히 목을 늘여줄 얼간이로 보았다면 착각했다는 걸 곧 알게 될 거야."

차갑게 가라앉은 장팔봉의 눈과 더 깊이, 더 우울하게 가라앉은 종자허의 음습한 눈이 치열하게 얽혔다.

"좋군, 과연 보람이 있겠어."

문득 종자허가 흰 이까지 드러내고 웃으며 그렇게 말했으므로 장팔봉은 어리둥절해졌다.

"뭐가 말이냐?"

"너를 죽이는 일."

"이유나 알자."

"말했잖아."

"그것 말고, 네가 그 벙어리 아가씨를 끔찍이 짝사랑하고 있기 때문이라는 것도 말고 진짜 이유 말이다."

"뭐라고! 그녀는 벙어리가 아니다!"

종자허가 갑자기 커다랗게 소리쳤다. 우울하던 얼굴마저 싹변해서 차갑고 창백해진다. 처음으로 그의 두 눈에 살기가 드러나 번쩍였다.

장팔봉도 더 이상은 물러서지 않겠다는 듯 그보다 더 차갑고 냉엄한 얼굴을 한 채 마주 소리쳤다.

"대체 무슨 흉계를 꾸미고 있는 거냐? 풍우주가는 단순한 객잔이 아니지? 그 빌어먹을 곳에서 어떤 짓들을 하고 있는 거야? 네 정체가 뭐냐?"

"네가 죽어야 할 이유가 또 하나 생겼다."

낮은, 그러나 지독한 살기가 실려 있는 중얼거림.

그리고 불쑥 그의 손이 튀어나왔다.

"흥!"

동시에 장팔봉의 싸늘한 코웃음이 터졌고, 허공에 쨍! 하는 날카로운 울림이 걸렸다.

언제 어떻게 움직였던 것인지, 장팔봉과 종자허는 서로 자리를 바꾸어 서 있었다.

장팔봉의 손에는 차갑게 번쩍이는 비수 한 자루가 들려 있고, 종자허의 손은 헐렁한 소매 속으로 다시 들어가 있다.

그는 처음부터 손을 꺼내지 않은 것 같았다.

'지독한 놈이다!'

장팔봉은 부르르 떨려오는 손목의 울림을 억누르며 애써 마음속의 놀람을 감추었다.

'이놈이?'

놀라기는 지마로 불리는 종자허도 마찬가지였다. 우울하게 가라앉아 있던 그의 눈이 무섭게 번쩍거리기 시작했다.

"좋은 솜씨였다."

종자허가 칭찬을 해주고 소매 속에서 천천히 손을 꺼냈다.

손마디가 긴 창백한 손. 그것이 한 자 남짓한 금속의 관을 움켜쥐고 있었다. 몽둥이라고 하기에는 너무 짧고, 그냥 들고 다니기에는 어색해 보이는 그것.

장팔봉은 방금 전 자신의 목을 노리고 허공을 갈라왔던 싸늘한 기운이 저 이상한 물건에서 나왔다고는 믿을 수 없었다.

第十一章
그가 슬퍼하는 이유

鳳鳴刀

봉명도

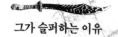

그가 슬퍼하는 이유

"잘 봐둬."

종자허가 스산하게 웃으며 왼손도 꺼냈다. 아무것도 없는 빈손이다.

"얼마 만에 두 손을 다 꺼내보는 건지 모르겠다. 영광으로 생각해."

"무얼 말이냐?"

장팔봉이 의아해하는데, 쨍! 하는 작고 경쾌한 소리가 났다.

"엇!"

그가 깜짝 놀라 바라보았을 때 종자허의 왼손에는 무섭게 번쩍이는 새하얀 소도(小刀) 한 자루가 놓여 있었다.

언제, 어디에서 저것이 튀어나와 손안에 들어간 건지 미처 알아보지 못했다. 마치 마술을 부린 것만 같다.

한 자가 조금 넘어 보이는 길이의 소도는 날카로운 끝을 아래로 하고 완만하게 굽은 기이한 모양이었다.

초승달을 쥐고 있는 것 같은데, 굽은 등을 따라 톱니 같은 이빨이 솟았고, 혈조(血漕) 대신 크고 작은 몇 개의 구멍이 뚫려 있다.

무엇으로 만들었는지, 칼 전체가 하얀빛을 띠고 반짝였다.

쨍! 하는 소리가 또 한 번 울렸다.

"허!"

장팔봉이 거푸 놀람의 외침을 터뜨렸다. 종자허가 손바닥을 쫙 펴기 무섭게 거기에 달라붙어 있던 금속의 관 속에서 둥근 칼날이 튀어나온 것이다.

그가 다시 금속관을 움켜잡자 그것은 이제 손잡이가 되었다.

그것을 중심으로 둥근 고리를 반으로 쪼갠 듯한 칼날 두 개가 아래위에서 튀어나와 맞닿았으니, 원판에 구멍을 내고 손잡이를 가운데 박아 넣은 형상이다.

명백한 일륜(日輪)의 형태였다.

어떤 재질의 금속으로 만들었는지, 소도와 같이 하얗게 반짝이는 몸통에 새파란 칼날이 울퉁불퉁했다. 큼직큼직한 톱니가 잇닿아 있는 것 같은 모양이다.

보통의 일륜보다 작아서 날을 다 드러낸 것의 크기가 손바닥을 가릴 만큼밖에 안 되었다.

장팔봉은 처음 보는 그 기이한 병장기들에 강한 호기심을
느꼈다.

조금 전 그가 벼락처럼 달려들며 자신의 목을 노리고 휘둘
렀던 게 바로 저 일륜이라는 짐작이 간다. 그리고는 재빨리 날
을 접어 넣고 다시 소매 속에 감추었을 것이다.

"특이한 놈답게 특이한 무기를 쓰는구나?"

"아까는 아주 멋지게 막아냈어. 칭찬해 주지."

"열 번이라도 더 막아줄 수 있다."

"그래? 네가 정말 나의 이 유혼마륜(幽魂魔輪)과 혈낭아(血
狼牙)의 공격을 열 번 막아낸다면 놓아주겠다."

"죽이지 않겠다는 거냐?"

"이번 한 번은 그냥 물러서겠다는 거지."

"쳇, 쩨쩨한 놈이었구나? 좋아. 그럼 어서 시작하자."

희망이 생겼다. 그게 장팔봉을 유쾌하게 했다.

그가 언제 심각해지고, 언제 두려워 떨었냐는 듯이 경쾌하
게 비수를 흔들어 보였다.

'재미있는 놈이로군.'

피식 웃은 종자허가 불쑥 소리쳤다.

"간다!"

기우뚱거릴 듯, 한 발을 크게 내딛는가 싶었는데 그의 신형
이 허깨비처럼 죽, 늘어났다.

씽, 하고 허공에 창백한 빛줄기가 걸린다.

장팔봉은 조금도 경시하지 못했다. 급히 왼쪽으로 돌아서며

도를 휘둘러 어지럽게 긋고 흔들었다.

바로 절세신마 당백련으로부터 배운 칠십이로 파천도법 중 엄밀한 수세(守勢)의 초식인 혈우주렴(血雨珠簾)이다.

허공에 한 겹 보이지 않는 장막을 드리운 듯 도기(刀氣)가 촘촘히 피어났다.

종자허의 일륜이 그것들을 종으로 길게 긋고 지나갔다. 수천, 수만 개의 도기가 비단폭이 갈라지듯 쫙, 갈라지고 짜라랑거리는 낭랑한 소리를 토해냈다.

일륜이 긋고 지나가는 선을 따라 오른쪽으로 반 바퀴 크게 돈 종자허가 빈자리를 메우듯 불쑥 왼손을 내뻗었다.

사악— 하고 바람 끊어지는 가벼운 소리.

그의 왼손에 들린 소도, 혈랑아가 경쾌하게 흔들리고 상하좌우의 공간을 한순간에 칼빛 속에 가둔다.

"정말 지독한 수법이다!"

장팔봉이 경황 중에도 크게 외치며 재빨리 도초를 바꾸어 제 몸을 가리고, 어젯밤 추 파파를 상대하던 환영마보의 신법을 전개했다.

그 즉시 그의 몸이 흐릿한 잔영을 남기며 사방으로 흩어졌다. 그 속에서 수십 가닥의 도광이 줄기줄기 뻗어 나와 종자허의 칼 그림자와 뒤섞였다.

따당!

처음으로 쇠와 쇠가 맞부딪치는 낭랑한 소리가 높이 솟았다. 혈랑아가 부르르르 떨며 윙윙거리는 울림을 퍼뜨린다.

"멋진 솜씨다."

어느덧 종자허의 얼굴에서 우울하던 기색은 씻은 듯 사라졌다.

"이건 과연 놀아볼 만하지 않은가? 추 파파를 달아나게 했다기에 설마했었는데, 과연 놀라워."

그가 유쾌하게 말하며 다시 공격해 들어왔다.

울퉁불퉁한 날을 가진 일륜이 장팔봉의 좌반신을 쉴 틈 없이 위협하고, 기이하게 굽은 소도 혈랑아가 우반신을 번쩍이는 칼빛 속에 가두었다.

일륜과 소도가 연이은 번갯불처럼 뻗어 나온다.

위기.

장팔봉은 이를 악물었다. 한순간의 실수가 곧장 죽음으로 연결될 상황이니 뒷골에 짜르르한 두려움과 흥분이 달린다.

'좋아! 매우 좋은 느낌이야!'

장팔봉의 마음속 저 깊은 곳에 숨어 있던 무엇이 그렇게 소리쳤다.

호승심. 그리고 투지라는 것이다.

"끼요옷!"

옷자락을 펄럭이며 어지럽게 돌아가던 장팔봉이 벼락같은 외침을 터뜨리며 겁없이 종자허의 권역 속으로 뛰어들었다.

시커먼 바윗덩이 하나가 던져진 것 같다. 그리고 어느새 일륜과 혈랑아의 동선을 깨뜨리고 다가들었다.

어깨를 비틀며 불쑥 손을 뻗자 송곳처럼 번쩍이는 비수가 종자허의 목을 노렸다.

형체가 흐릿하게 보일 만큼 격렬한 움직임 속에서도 장팔봉은 종자허의 동선을 정확히 파악하고 예측했다.

종자허로서는 장팔봉의 눈이 그처럼 예리하고 움직임이 벼락같으리라고는 미처 예상하지 못한 일이었다.

"엇!"

의외의 기습에 놀란 종자허가 주춤했다.

"이놈!"

버럭 소리치며 허리를 숙여 몸을 낮추는 것과 몸을 반쯤 틀어 장팔봉의 비수를 흘려보냈다. 동시에 오른쪽 팔꿈치를 불쑥 뻗는다.

기력을 아낌없이 실었으니 한 대 맞으면 바윗덩이라고 해도 박살날 위력이다.

그것이 막 상대의 목덜미를 스치고 지나간 비수를 끌어당기던 장팔봉의 가슴을 찔렀다.

퍽! 하는 둔탁한 소리가 났다.

그러나 종자허는 일이 잘못되었다는 걸 직감했다.

젖은 진흙을 밟고 미끄러지는 것처럼 자신의 일격이 맥없이 흘러나가는 느낌을 받았던 것이다.

장팔봉이 본능적으로 펼친 유운만곡(流雲滿谷)의 교묘한 수법에 걸렸기 때문인데, 그것이 내 힘은 조금도 들이지 않고 상대의 힘을 흘려버리는 절묘한 수법이라는 걸 종자허가 알 리 없다.

환영마보 중의 구명절초이기도 한 것이니 더욱 그렇다.

종자허가 제 힘에 이끌려 휘청거리며 앞으로 밀려 나갔다. 장팔봉에게 제 몸뚱이를 완전히 개방한 꼴이다.

장팔봉이 그 좋은 기회를 놓칠 리가 없다.

급히 숨을 멈춘 그가 수세를 버리고 수라관월(修羅貫月)의 초식으로 힘껏 비수를 찔렀다.

종자허의 얼굴에 처음으로 낭패한 기색이 어렸다.

팔꿈치로 회심의 일격을 날리고 득의양양했는데 아차 하는 순간에 장팔봉의 비수가 늑골에 이르렀으니 모골이 송연해진다.

장팔봉의 비수 끝이 번쩍이는 빛을 뿌리며 가볍게 흔들렸다.

'위험하다!'

이번에는 종자허의 본능이 그렇게 아우성을 쳤다.

분하다. 그리고 어이없기도 하다.

"에잇!"

발작적으로 소리친 종자허가 급히 허리를 꺾고 뒤로 몸을 눕혔다.

등이 땅에 닿을 듯 휘어진다.

온통 거꾸로 보이는 세상. 그의 눈에 미끄러지듯 쫓아 들어오고 있는 장팔봉의 그림자가 언뜻 들어왔다.

한 번 잡은 승기를 놓칠 수 없다는 듯 지독하고 집요하게 달라붙는 데에 질린다.

'이건 말도 안 돼.'

생각이 거기서 뚝, 끊어졌다. 싸늘한 도광이 아슬아슬하게 가슴을 스치고 지나갔기 때문이다.

발끝에 온 힘을 실어 땅을 찬 종자허가 재빨리 몸을 뒤집으며 단번에 스무 걸음이나 비껴 나가 우뚝 섰다.

"기다려!"

급히 손을 저어 재차 달려들려는 장팔봉을 막았다.

"뭐냐? 벌써 포기한 거야?"

장팔봉이 막 도약하려고 무릎을 살짝 굽혔던 자세를 그대로 유지한 채 멈추었다. 종자허를 노려보는 두 눈에서 투지의 불길이 활활 타오른다.

지그시 그런 장팔봉을 노려보던 종자허가 피식 웃으며 자조적으로 말했다.

"경솔했군."

"누가? 내가 말이냐?"

"아니, 내가 그랬다는 거다."

"그래서, 싸우지 않겠다는 거냐? 아직 다섯 초가 남았는데?"

짐짓 호기를 부리지만 내심으로는 '내가 정말 십 초를 다 막아낼 수 있을까?' 하는 생각을 하고 있었다.

장팔봉은 눈앞의 백면서생이 바로 강호에 악명을 날리고 있는 잔혹한 살인마, 시마(地魔)라는 건 알지 못했다. 하지만 승리를 장담할 수 없는 고수라는 건 뼈저리게 느꼈다.

만약 지옥에서 다섯 노사부들의 절기를 얻지 않았다면 벌써 그의 손에 목숨을 잃었을 것이다.

'이놈의 공격이 몇 초만 더 진행되었다면?'

가슴이 두근거리고 등줄기에 식은땀이 흘렀다. 어쩌면 달아날 기회조차 잡지 못했을지도 모른다. 아직 완전하게 다섯 노사부들의 절기를 펼칠 수 없기 때문이다.

그런 장팔봉의 마음을 아는지 모르는지, 종자허가 음울하게 중얼거렸다.

"소용없어. 나는 너희들 둘을 당할 수 없겠다."

"둘이라니?"

엉뚱한 말이라 장팔봉이 어리둥절해했다.

쨍, 하는 경쾌한 소리가 들리고 어느새 종자허는 일류과 소도를 다시 헐렁한 소매 속으로 감추었다.

그가 턱으로 가리키는 곳을 본 장팔봉이 억! 하고 놀란 외침을 터뜨렸다.

이십여 장 저쪽 소나무 그늘 아래 우문한이 우뚝 서 있었던 것이다.

그가 언제 왔는지 모른다. 하지만 이 한판의 위험한 싸움이 시작되었을 때 그는 분명히 없었다. 그렇다면 싸움이 한창일 때 도착했을 것이다.

장팔봉은 그래서 자기가 그의 존재를 감지하지 못했다고 생각했다. 다른 데 정신을 팔 여유가 없었으니까.

어쨌든 안도의 한숨이 저도 모르게 새어 나온다. 일단은 눈앞의 위기를 피했지 않은가.

하지만 곧 마음에 더욱 어두운 그늘이 드리웠다.

'나를 잡으러 왔군. 백 사고의 명령을 받고?'

그런 의심이 들었기 때문이다. 그렇지 않다면 우문한이 이처럼 슬그머니 뒤쫓아왔을 이유가 없다고 생각했다.

여차하면 있는 힘껏 달아날 생각으로 발끝에 힘을 모으고 있는데 다행히도 우문한은 움직이지 않고 있다.

평소 장팔봉은, '내 한 몸은 언제든지 빼서 달아날 수 있다'는 자신감을 가지고 있었다. 당할 수 없으면 돌아서서 달아나 버리면 그뿐이다.

그러나 상대가 저기 있는 우문한이나 이 백면서생 같은 지독한 놈들이라면 그런 자신감도 아무 소용 없다는 걸 절실히 느꼈다.

"쳇!"

짐짓 아쉽다는 듯 혀를 찬 그가 입맛을 다시며 비수를 품에 넣었다.

"너는 누구지?"

다시 우울한 얼굴로 돌아간 종자허가 불쑥 물었다. 저쪽에서 번쩍이는 눈으로 지켜보고 있는 우문한은 무시한다.

"장팔봉."

"장팔봉이라고? 그런 이름은 들어보지 못했다."

"아쉬워할 거 없어. 강호에서 내 이름을 아는 놈이 별로 없을 테니까."

"어째서? 어째서 너 정도 되는 자가 이름도 알려지지 않았단 말이냐?"

"나는 너처럼 그렇게 가는 곳마다 피를 뿌리지 않았거든. 그냥 한가롭게, 조용히 왔다 갔다 할 뿐이야."

그의 말처럼 그가 강호에 알려지지 않은 건 그 스스로 겉돌았기 때문이었다. 장팔봉은 강호의 일에 관심이 없는 자였던 것이다.

무림맹에 들어가 풍운조장이 되어 마련의 선봉을 막아 싸운 게 그가 강호에서 활동한 유일한 것이었다.

하지만 엄밀히 말하면 그건 강호의 활동이라고 할 수 없었다. 무림맹과 패천마련이라는 두 거대한 집단 간의 쟁투에 속해 있었기 때문이다.

그러니 강호에서 장팔봉이라는 이름을 아는 자가 없는 게 당연하다.

'나는 내가 하고 싶은 대로 할 뿐이야. 마음이 가는 곳에 내 발도 가는 거지. 길? 내가 지나가면 그게 길이 되지 않겠어?

그런 생각으로 우쭐거리는데 지그시 바라보던 종자허가 피식 웃고 긴장을 풀었다.

"좋아, 보내주지. 나하고 술을 한잔하는 조건으로 말이다."

"제기랄, 풍우주가라면 가지 않을 테다."

"조금만 더 내려가면 길가에 주가가 있다."

우문한은 아직도 저쪽에 우두커니 서서 지켜보고 있었다. 장팔봉은 의도적으로 그의 시선을 외면했다. 그를 보고 싶지 않았기 때문이다.

그를 보기만 하면 백무향이 떠오르고, 그러면 무언가 죄를 지은 사람처럼 위축된다. 그게 싫었다.

아니, 사실은 그녀가 무서웠던 것이다.

어쩌면 이 세상에서 장팔봉이 마음속으로 두려움을 느끼는 자는 오직 백무향 한 사람뿐인지도 모른다.

그래서 서둘러 떠나는 장팔봉의 뒤를 다시 백면서생의 모습으로 돌아간 종자허가 느릿느릿 따랐다.

*　　　　*　　　　*

"그 애송이들을 죽였어? 불쌍하지도 않았단 말이냐?"

"규칙을 깼으니까."

"이런, 염치도 없는 놈 같으니. 살인마, 혈귀, 천하에 무식한 놈."

장팔봉이 뭐라고 욕을 하든 종자허는 우울한 얼굴 그대로였다. 아예 듣지 못한 사람 같다. 정말로 듣지 않고 있는 건지도 모른다.

아직도 송림 속이었다.

도대체 이 소나무 숲은 끝날 것 같지가 않았다.

가도 가도 음침하고 깊은 원시림 속이었다.

제법 많은 사람들이 통행하는 넓은 길이 나왔는데, 그 길가에 종자허의 말대로 허름한 주가 하나가 있었다.

그곳으로 들어간 장팔봉은 술에 굶주려 있었던 사람인 듯 마구 마셔댔다.

목숨을 걸고 싸웠던 자를 눈앞에 두고 있건만 언제 그런 일이 있었느냐는 듯 아랑곳하지 않았다.

오래지 않아 장팔봉은 취했다.

실로 오랜만에 여자가 아니라 술에 취해보는 그였다.

마주 앉은 사내가 지마 종자허라는 것도 잊은 듯 방심으로 온통 몸을 흩뜨리고 떠들어댄다.

"대체 그 빌어먹을 규칙이라는 건 누가 만들어낸 거야? 어떤 찢어 죽일 놈이 그런 얼토당토않은 걸 만들어내서 애꿎은 사람들이 죽어나가게 하는 거지? 어떤 놈인지 그놈의 낯짝을 꼭 한 번 봐야겠다."

"보면?"

"내가 그 규칙을 그대로 그놈에게 돌려줄 테야."

"어떻게 말이냐?"

"그 아가씨를 끌고 와서 냅다 밀어버리는 거지. 제가 품에 안지 않을 수 있겠어? 하하하하―"

"……."

"그러면 백번 죽어도 할 말이 없겠지. 내가 그놈에게 '규칙대로 해!' 이렇게 호통 치고는 모가지를 뎅겅 해버릴 거야. 하하하하―"

내내 우울한 얼굴을 하고 술잔을 만지작거리던 종자허가 피식 웃었다.

"너는 지금 그자를 보고 있어."

"응?"

생각만 해도 재미있다는 듯 제 무릎을 치며 깔깔대던 장팔봉이 웃음을 뚝, 멈추었다.

"아니, 그게 바로 너였단 말이냐? 네가 정해놓은 규칙이었어?"

"그녀를 위해서지."

"너는 정말 그 벙어리 아가씨를 사랑하는구나?"

"……."

"그렇다면 왜 품에 안지 않는 거야? 용기가 없구나? 아니면 그냥 바라보는 것만 즐기는 거야? 변태 짓을 하면서?"

"다시 너를 죽이고 싶은 마음이 생기려고 한다."

"설마 조금 전에 네 입으로 한 말을 뒤집지는 않겠지?"

"……."

"그래도 불알 달린 사내인데 그럴 리가 없지. 하하하."

술이 확 깨버린 장팔봉이 힐끔거리며 너스레를 떨었다. 종자허는 말이 없고 표정이 없다.

"어흠!"

헛기침을 한 장팔봉이 정색을 하고 말했다.

"정말 네 말대로라면 이건 좀 이상한걸?"

"어젯밤의 일 말이냐?"

"그래. 추 파파라고 했지? 왜 네가 아니라 그 엉뚱한 노파가 나를 죽이겠다고 달려든 거였지?"

"그녀의 생각도 내 생각과 같으니까."

"그렇다면 너는 혼자가 아니었군."

"아니, 언제나 혼자야. 나는 그게 싫다. 무서워."

"……!"

의외의 말에 이번에는 장팔봉이 입을 다물었다. 물끄러미 종자허를 바라본다.

그가 벌컥, 술잔을 입에 털어 넣고 피식 웃었다.

쓸쓸하고 자조적인 그 웃음이 장팔봉의 가슴을 아프게 찔렀다.

"사연이 있구나?"

"내가 왜 술을 마시지 않는지 아나?"

장팔봉은 그가 풍우주가의 남쪽 구석을 차지하고 앉아 있는 동안 술을 마시는 걸 본 적이 없다는 사실을 떠올렸다. 식어버린 찻잔을 앞에 놓고 우두커니 앉아 있었을 뿐이다.

그러니 이처럼 장팔봉과 마주 앉아 술잔을 기울이고 있는 건 그에게 커다란 파격이었다.

"개를 한 마리 키울까 보다."

또 한 잔의 술을 마신 종자허가 불쑥 엉뚱한 말을 했다.

장팔봉이 어이없다는 얼굴로 바라보다가 불쑥 말했다.

"왜? 키워서 잡아먹으려고?"

"미친놈."

"사람 죽이는 걸 취미로 여기는 놈이 개인들 가만두겠냐? 분명 잡아서 쩝쩝거리며 뜯어먹겠지."

"미친놈."

피식 웃은 종자허가 다시 술을 따랐다. 그러면서 중얼거린다.

"정말 개를 한 마리 데리고 있을까 보다. 그러면 사람을 바라보는 것보다 덜 외로울 거야."

"그런데 왜 술을 마시지 않는다는 거냐?"

장팔봉이 슬그머니 화제를 바꾸었다. 원점으로 되돌린 것이다.

"아, 그거? 별거 아니야."

또 한 잔을 탁, 털어 넣은 종자허가 씩 웃었다.

"술을 마시면 자꾸만 살의가 솟구치거든."

너를 죽이고 싶어진다는 듯 붉어진 눈으로 장팔봉을 빤히 바라본다.

술기운이 오를수록 볼은 더욱 창백해지고 그와 반대로 입술은 더욱 붉어졌다.

'제법 반반하게 생긴 얼굴이잖아?'

장팔봉의 머릿속에 불쑥 그런 생각이 떠올랐다.

분위기가 어둡고 음산하지만 종자허의 생김은 귀공자처럼 곱상한 데가 있었던 것이다.

저런 얼굴을 가지고 있는 자가 어째서 그처럼 지독한 살귀가 된 건지 알 수가 없다.

징그럽고 섬뜩하게 번들거리는 눈으로 장팔봉을 노려보던 종자허가 불쑥 말했다.

"살의는 욕정 같은 거야. 술을 마시면 걷잡을 수 없이 욕정이 솟구쳐. 그걸 참을 수가 없어."

"그래서 살인을 한단 말이냐?"

"욕정은 나를 추악하게 만들어."

"살인은 괜찮고?"

"내 영혼을 병들게 하고 지옥으로 끌고 가겠지. 하지만 욕정처럼 나를 초라하고 비참하게 만들어주지는 않아."

"여자를 품는 게 어때서? 그거야말로 가장 인간적인 일 아닐까? 신이 왜 남자와 여자를 구분해 놓았겠어?"

"핫! 인간적인 일이라고?"

크게 코웃음을 친 종자허가 더욱 우울해져서 고통스럽기까지 한 눈으로 장팔봉을 빤히 바라보았다. 그리고 불쑥 말한다.

"여자 위에서 땀 흘리며 헐떡이고 있는 너를 본 적이 있어?"

"……"

"욕망을 배설한 직후의 너를 본 적이 있어?"

"쳇, 너는 별걸 다 보면서 사는 모양이구나."

"가장 추악해져 있는, 그리고 가장 무기력해져 있는 나를 보는 순간이지. 나는 그걸 참을 수 없어. 그래서 그녀 앞에서만은 술을 마실 수가 없다."

"병이네."

"그래, 그런 건지도 모르지. 내 본성 자체가 병적인 건지도 몰라. 그러니 나는 태어날 때부터 미친놈이었던 게지."

자조적으로 중얼거린 그가 벌떡 일어섰다.

"그녀를 보면서 욕정을 느끼다니… 나는 짐승이야. 그래서 미치지 않을 수 없다."

"……."

"기다려. 안줏거리를 좀 들고 오마."

돌아서며 씩, 웃는 그 웃음에 장팔봉이 부르르 진저리를 쳤다. 저도 모르게 등짝이 서늘해지고 소름이 돋는다.

취했고, 그래서 욕정이 꿈틀거리고, 그래서 살의가 치솟은 모양이다.

철썩!

두 개의 목이 떨어졌다. 비릿한 선혈이 금방 탁자를 뒤덮고 밑으로 흘러내린다.

"으악!"

주객들이 비명을 터뜨리며 이리저리 뛰어 달아나느라고 주청 안은 금방 아수라장이 되었다.

"억!"

장팔봉도 깜짝 놀라 비명을 터뜨렸다. 술이 확, 깬다.

그 앞에 태연히 주저앉은 종자허가 술병을 입에 처박고 꿀꺽꿀꺽 마셔댔다.

"너, 너, 이게 무슨 짓이야!"

"말했잖아. 안줏거리를 좀 가져오겠다고."

"이, 이걸 먹겠단 말이냐?"

"그 정도로 미치지는 않았다."

"그럼 뭐야?"

"화가장의 잡것들이지. 나를 잡으러 왔을 거야."

"그래서 이 꼴로 만들어줬어?"

화가장의 둘째 공자라던 화군평 때문이다.

그의 죽음이 어느새 알려졌고, 아비인 구절호편 화문동이 길길이 날뛰었으리라.

누가 흉수인지는 아직 모르고 있을 것이다. 하지만 경박한 둘째 놈이 풍우주가에 찾아갔었다는 사실은 알아냈으리라.

그래서 수하들을 보내 조사하게 시킨 건데 그들은 이제 영영 화가장으로 돌아갈 수 없는 신세가 되었다.

"치워라, 이놈아. 술맛이 천 리 만 리 달아나 버렸다."

장팔봉이 소리치지만 종자허는 그럴 마음이 없는 것 같았다. 귀찮아하는 건지도 모른다.

그가 음울한 얼굴로 바라보며 물었다.

"더 시끄러워지겠지?"

"알면서 이런 짓을 했어?"

"나는 괜찮은데 풍우주가가 걱정이야."

"……."

사태가 이 지경까지 갔으니 화가장에서 그대로 두고 볼 리가 없다.

패천마련의 외단 중 한 곳이기도 하지 않던가. 그러니 화문동은 단지 화가장의 장주가 아니라 마련의 외단 단주라는 신분이기도 하다.

지금의 강호에서는 그게 더 무서운 일이었다.

이제는 화가장의 무사들이 아니라 마련의 고수들을 떼로 보내올지도 모른다.

종자허도 그 생각을 했는지 우울하게 중얼거렸다.

"좋은 방법이 없을까?"

장팔봉이 비웃듯 말했다.

"그 아비까지 죽여 버린다면 또 모르지."

"맞아, 그런 방법이 있었군."

천천히 몸을 일으키는 종자허를 보며 장팔봉은 어이가 없었다.

"어? 어? 너 정말?"

"조심해. 약속대로 이번 한 번만 봐준 거다. 다음에 또 그녀를 희롱한다면 그때는 용서없어."

싸늘하게 노려본 종자허가 진짜 술에 취한 듯 비틀거리며 나갔다.

'저놈은 나에게 시위를 해 보인 것이었군.'

탁자 위에 놓여 있는 두 개의 끔찍한 머리통을 바라보던 장팔봉이 잔뜩 눈살을 찌푸리고 일어섰다.

생긴 것과 하는 짓이 어쩌면 그렇게 다른지, 생각할수록 치가 떨린다.

第十二章

알 수 없는 아가씨

鳳鳴刀
봉명도

알 수 없는 아가씨

부춘강 남쪽, 육동산 아래의 비옥한 땅을 가지고 있는 동옥현이 떠들썩해졌다.

화가장에 줄초상이 났기 때문이다.

장주인 화문동과 그의 처가 죽었고, 다섯 명의 수신호위들마저 남김없이 살해당했던 것이다.

아직 해가 남아 있는 늦은 오후에 갑자기 벌어진 그 일로 인해 부중이 발칵 뒤집혔지만 흉수가 누구인지는 아무도 짐작조차 하지 못했다.

누가 감히 패천마련의 외단주를 살해한단 말인가. 누구인지 모르나 간이 배 밖으로 튀어나온 자가 분명하다고 다들 수군댔다.

곧 마련의 감찰대가 들이닥칠 텐데, 그러면 애꿎은 화가 자신들에게도 미칠지 몰라 다들 불안에 떨었다.

그래서 사람들이 문을 꼭꼭 걸어 잠그고 나오지 않았으므로 거리는 폐허처럼 썰렁해졌다.

"어쩌자고 그런 무지막지한 짓을 벌인 거냐?"

사내의 싸늘한 눈이 쏘아보지만 종자허는 태연했다. 오히려 마주 앉아 있는 장팔봉이 불안해서 두리번거린다.

"후환을 남겨두면 계속 귀찮아지잖아."

"쯧쯧—"

사내는 낯선 자였다.

장팔봉과 종자허는 동옥현 외곽의 허름한 객잔에 앉아 태연하게 술을 마시고 있는 중이었는데, 그가 종 한 명을 거느리고 불쑥 찾아온 것이다.

눈매가 날카로운 사십대 중반의 장한이었다. 얼굴에 텁수룩하게 난 수염이 그를 거칠어 보이게 했지만 깨끗한 귀티를 다 감추지는 못했다.

그가 못마땅하다는 눈길로 장팔봉을 흘겨보았다.

처음 보는 자가 자신과 종자허의 자리에 끼어 있으니 불편한 것이다.

그런 사내의 눈치를 챈 종자허가 태연하게 말했다.

"괜찮아. 사실 이놈의 머리에서 나온 생각이었거든. 그러니 경계하지 않아도 돼."

"뭐라고?"

믿을 수 없다는 듯 사내가 다시 장팔봉을 훑어본다.

종자허가 피식 웃었다.

"가겠다."

기분이 상한 장팔봉이 자리를 박차고 일어섰다.

"네 마음대로 해."

종자허는 무심하게 말한다. 장팔봉이 그를 노려보고 다시
말했다.

"다시는 만나지 말자. 너라는 놈은 정말 끔찍해. 빌어먹을
살인귀 같으니. 재수없다."

"응?"

장팔봉의 말에 종자허는 히죽히죽 웃기만 하는데, 중년의
사내가 놀라서 눈을 휘둥그레 떴다.

눈으로 종자허를 보고 장팔봉을 보는 것이 대체 어떤 사이
냐고 추궁하는 듯하다.

종자허가 턱짓으로 장팔봉을 가리켰다.

"대단한 놈이라우. 보이는 것하고는 달라. 나와 맞설 자격
이 있는 놈이라면 믿겠수?"

"뭐라고? 너와 맞선다고?"

중년 사내의 눈이 더욱 커졌다.

그는 누구보다 종자허에 대해서 잘 알고 있었다.

그가 괜히 지마로 불리는 게 아니다.

지금 강호에서 지마 종자허와 맞서 싸울 수 있는 자는 그리

많지 않을 것이다. 백대고수를 꼽으라면 그 안에 충분히 낄 수 있는 종자허인 것이다.

그런데 생전 처음 보는 자가 그런 종자허와 동수를 이룬다니 믿어지지 않는 게 당연했다.

"이름은?"

사내가 장팔봉에게 물었다. 장팔봉이 잔뜩 인상을 쓰고 던지듯 말한다.

"장팔봉이오. 그러는 댁은?"

"어허—"

그의 무례함에 질렸다는 듯 사내가 상체를 물렸다. 종자허가 키득거린다.

"간이 부은 놈이라니까? 상대하지 않는 게 좋을 거야. 울화통이 터져서 죽기 싫다면 말이지."

"어떤 사이냐?"

"별거 아니야. 죽이려고 했는데 죽이지는 못했고, 그냥 술친구가 되어버렸지 뭐. 생각해 보니 그닥 나쁜 놈은 아닌 것 같더라구. 그래서 잊어버리기로 했어."

"허, 네가 죽이려고 했는데 죽이지 못한 자라고? 세상에 그런 자가 있을 수 있단 말이냐?"

사내의 말에 종자허가 눈짓으로 장팔봉을 가리켰다.

장팔봉은 점점 기분이 나빠졌나. 서를 두고 생전 처음 보는 자가 이러니저러니 말하는 게 좋을 리 없다.

보지 않고 듣지 않으면 그만이다.

"간다. 다시는 마주치지 말자."

"흐흥, 그게 네 뜻대로 될까?"

"아니면 말고. 제기랄."

장팔봉이 중년의 사내에게는 눈길도 주지 않고 쌀쌀맞게 돌아섰다. 한 점의 미련도 없다는 걸음으로 뚜벅뚜벅 주청을 나간다.

그의 뒷모습을 바라보는 중년 사내의 눈가에 신비한 빛이 어른거렸다.

장팔봉이 사라져 보이지 않게 되고서야 머리를 설레설레 흔든 사내가 다시 종자허를 노려보았다.

"얼마나 더 주의를 주어야 하는 거냐? 너는 아예 귓구멍에 말뚝을 박아놓고 사는 놈 같다!"

"그냥 미친놈이려니 여겨."

"쯧쯧―"

"내 몸뚱이 하나야 어떻게 되어도 좋아. 하지만 풍우주가가 곤란해지는 건 안 돼."

"그렇다면 네 발로 화가장에 찾아가 자수할 것이지, 왜 그런 짓을 저질러서 세상의 이목을 끌어?"

"아직은 죽을 수 없어. 풍 대형도 잘 알잖수."

"세상 사람들이 나를 뭐라고 부르는지 아느냐?"

"알다마다. 황금충, 냉혈한, 도살귀, 몰염치한, 불견자. 또 뭐가 있더라……."

"그렇다면 내가 왜 그렇게 불리게 되었는지도 알겠군?"

"사람들은 그저 돈에 미친놈이라고 하지만 나는 잘 알지. 풍대형도 나와 같은 부류의 인간이니까 말이야. 대형이 감추고 있는 슬픔이 내 것 못지않다는 것도 잘 알고 있어."

"그런 놈이 그렇게 정신을 차리지 못한단 말이냐? 내 꼴이 되고 싶은 거야?"

"흘흘, 이미 형보다 더 비참하고 초라해졌어. 더 이상 떨어질 데도 없단 말이오."

"쯧쯧—"

"형도 알잖수. 사랑에 미쳐 버린 놈의 꼴이 결국 어떻게 되는지 말이오."

"……."

말문이 막힌 듯 사내가 입을 다물고 종자허를 쏘아보기만 했다.

그렇게 많은 별칭으로 불리는 사내는 풍곡양이라는 자였다.

세상에서 지마 종자허를 꾸짖을 수 있는 유일한 사람이기도 하다.

불견자(不見者) 풍곡양(風穀洋).

몇 년 전만 해도 그는 살곡(殺谷)의 곡주(谷主)라는 신분으로 세상에 더 잘 알려져 있었다.

강호에서 가장 악랄하고 가장 정확하며 가장 비싸고 은밀한 청부 집단을 이끌던 자. 그가 지금은 그 모든 걸 버린 채 숨어 사는 은자(隱者)가 되어 세상에서 스스로 멀어진 것이다.

하지만 아직까지도 불견자 풍곡양이라는 이름은 강호에 남아 있는 두려움이고 혐오이며 유혹이었다.

원한이 있고 힘이 없거나, 욕망은 있는데 용기가 없는 자들에게 그는 때로 구원의 사신(邪神)이기도 했기 때문이다.

돈만 주면 무엇이든 해주었다. 살인 청부에서부터 마누라 몰래 바람피우고 싶어하는 자의 뒤치다꺼리까지.

사람 찾아주는 일과 심부름, 야반도주는 물론 때로는 남의 제사도 치러주었다.

청부받은 일이라면 무엇이든 가리지 않고 완벽하게 해주었던 것이다.

돈을 받고 여자를 납치해 주었던 자가, 그 여자의 돈을 받고 다시 납치를 청부했던 자를 죽이는 일도 마다하지 않았다.

신의와 의리 따위는 없다. 돈과 그에 따른 대가가 있을 뿐이다.

그래서 냉혈한(冷血漢)에 몰염치한(沒廉恥漢), 도살귀(屠殺鬼)라고도 불리던 그가 지금은 종자허가 한 짓을 놓고 꾸짖고 있었다.

꽝!

그때 성난 무사들 한 떼가 기세등등하게 객잔의 문을 박차고 들어왔다. 주청에 앉아 있던 사람들이 풀이 죽어서 눈치를 본다.

동옥현은 때 아닌 전쟁을 치르는 것 같았다. 골목골목마다 눈에 불을 켠 패천마련의 무리들이 들끓으니 개 한 마리 얼씬거리지 않았다.

객잔이며 주루, 찻집은 물론 민가에 이르기까지 그들의 수색은 거침이 없었다. 마치 대역 죄인을 찾는 관병들 같았다.

살기가 등등해져서 옷깃을 뒤져 숨어 있는 반풍자(半風子: 이虱)를 잡아내듯 그렇게 동옥현 구석구석을 뒤지고 다니는 것이다.

"신패(身牌)!"

다가온 무사 한 놈이 불쑥 손을 내밀었다.

종자허는 우울한 얼굴로 술잔을 만지작거렸고, 풍곡양이 품에서 참나무를 깎아 만든 패찰 한 개를 꺼내주었다. 남경부의 지부대인이 발행한 패찰이다.

무사가 날카로운 눈으로 두 사람의 행색을 이리저리 훑어보았다.

"무엇 하는 자들이냐?"

"남경과 금화를 오가며 장사를 합지요."

"무슨 장사?"

"개장사를 합니다만 철이 아닐 때는 이것저것 닥치는 대로 하는데, 돈만 된다면 하수구의 구정물도 마다하지 않고 싹 쓸어갑지요."

"여기는 언제 왔지?"

"며칠 됐는뎁쇼? 요즘에는 개 값이 이곳과 남경 간에 큰 놈의 경우 백미 두 됫박의 차이가 나는 때라 개를 사갈 생각입니다."

묻지도 않은 말까지 줄줄 너스레를 떠는 것이 누가 보아도 개장사였다.

"설마 남의 개를 슬쩍해 가는 건 아니겠지?"

"어이구, 나리들이 이렇게 눈을 시퍼렇게 뜨고 있는데 개 팔 아먹자고 제 목숨을 내던지겠습니까요?"

종자허를 힐끔거리던 병사가 패찰을 던져 주고 다른 곳으로 갔다.

"클클클―"

종자허가 고개를 숙인 채 키득거리자 풍곡양이 눈을 부릅뜨고 낮게 꾸짖었다.

"왜 웃어?"

"대형은 경극 배우를 해도 되겠어."

"썩을 놈 같으니."

그러나 배우는 종자허 자신이 해도 손색이 없을 것이다.

"잠시 귀택호 근처에도 얼씬거리지 마라. 아가씨에게는 내가 알리겠다."

"그러잖아도 두어 달 유람이나 떠났다 올 생각이었다오."

종자허의 눈빛이 아련해지고 우울한 얼굴에 슬픔이 더해졌다.

"그런데 아가씨가 궁금해하기나 할까? 내가 보이지 않게 되면 말이야."

*　　　*　　　*

동옥현에서 그런 소란이 벌어지고 있을 때 장팔봉은 부춘강을 건너 건덕진(建德津)을 향해 천천히 걸어가고 있었다.

목표로 삼고 있는 순안현까지는 아직 하루 길이 더 남아 있다. 밤길을 가지 않을 거라면 오늘은 건덕진에서 묵어야 한다.

그곳은 부춘강에서 갈라져 나온 신안강의 상류인데, 천도호(千島湖)라는 커다란 호수로 흘러드는 물줄기이기도 하다.

안휘와 절강을 오가는 사람들은 그 신안강을 타고 천도호를 가로지르는 길을 택하기 일쑤였다.

배를 타고 호수를 가로지르면 빠르기도 하려니와 편하게 갈 수 있기 때문이다.

하지만 장팔봉은 일부러 육로를 택해 돌아가고 있었다. 물이 무서운 것이다. 물이라고는 작은 개울이 고작인 산골 마을에서 내내 살아왔던지라 수영을 할 줄 모르니 더욱 그렇다.

장팔봉은 이왕 건덕진에서 묵어갈 바에야 경치가 좋은 강변에서 하룻밤을 보낼 작정으로 천천히 인적 드문 벌판을 걸었다.

눅눅한 습기가 느껴질 때쯤에는 날이 완전히 어두워졌다.

야트막한 언덕 위에 올라서자 저 아래 인가의 불빛이 보였다. 강가의 제방을 따라 제법 번화한 거리가 형성되고 있었던 것이다.

화승객잔 안에는 이미 많은 사람들이 와 있었다. 술 냄새와 음식 냄새가 진동을 해서 장팔봉의 뱃속에 들어 있는 밥벌레

들을 요동치게 했다.

강호의 무사들로 보이는 자들과 민간의 백성들이 뒤섞여 있었는데, 장팔봉의 눈길을 끄는 건 여섯 명의 건장한 사내들이었다.

모두 등에 칼을 지고 있었으며, 똑같은 옷을 입은 것이 이 지방에서 제법 위세를 떨치는 방회의 인물들인 것 같았다.

흰옷의 가슴에 금색 실로 '천(天)' 자를 수놓고 있는 자가 그들의 우두머리인 것 같았다. 나머지 다섯 명의 가슴에도 같은 글자가 새겨져 있었는데, 검은 실이었던 것이다.

빈자리를 찾아 두리번거리는 장팔봉에게 점소이가 다가오더니 합석을 권했다.

동쪽 창가에 허름한 옷의 도사가 혼자 앉아 술을 마시고 있었는데 그곳을 가리킨다.

장팔봉은 어서 술과 밥을 먹고 싶을 뿐이었다. 자리야 아무래도 좋다.

"실례하겠소이다."

도사가 쳐다보지도 않고 손을 들어 앞자리를 가리킨다.

장팔봉이 살짝 얼굴을 찌푸렸다. 탁자 위에 어지럽게 흩어져 있는 뼈다귀들을 본 것이다.

'도사가 술을 마시고 닭고기를 뜯다니?'

이게 사이비 도사라는 생각이 든다. 하지만 상관없는 일이다.

장팔봉이 몇 가지 더운 안주와 술을 주문했는데, 술은 특히 향기롭기로 유명한 검남춘을 한 병 시켰다.

"검남춘이라고요?"

점소이가 의아한 얼굴로 장팔봉을 바라보았다.

그처럼 비싼 술을 마실 돈이 있느냐? 하고 묻는 것 같다.

보통 사람들로서는 여간해서 마시기 힘든 명주인 것이다.

장팔봉이 품에서 열 냥짜리 은괴 하나를 꺼내 탁자 위에 탕,
하고 올려놓았다.

아무 말 없이 눈을 부릅뜨고 점소이를 노려본다.

은괴를 본 점소이의 태도가 즉시 변했다. 제 조상을 모신 듯
이 공손하고 나긋나긋하게 군다.

주위에 있던 사람들의 시선이 일제히 장팔봉에게 쏠렸다가
탁자 위의 은괴에 모였다. 그리고 다시 장팔봉을 바라본다.

꾀죄죄하고 거칠어 보이는 것이 소도둑놈이라고 해도 어울
릴 자의 품 안에 저런 은괴가 들어 있었다는 걸 의아해하는 것
이다.

장팔봉이 사람들의 그런 눈길을 무시하고 도사를 힐끔거렸
다.

오직 도사만이 태연했기에 더욱 호기심이 든 것이다.

오십 줄에 접어들어 보이는 자인데, 검은 수염이 가슴 아래
까지 늘어진 것이 제법 풍채가 그럴듯했다.

하지만 옷자락이 꾀죄죄하고 상투를 튼 머리가 부스스한 것
이 몰골은 영 형편없었다.

고생을 지지리 하는 도사라는 감이 즉각 온다. 떠돌이인 모

양이다.

강호를 떠도는 도사들이 그렇듯이 눈앞의 꾀죄죄한 도사도 등에 검 한 자루를 지고 있었다. 검까지도 제 주인을 닮아서 볼품이 없다.

장팔봉은 그런 도사를 보고 있자 저절로 지옥 안에서 만났던 무당의 건녕자가 떠올랐다. 그의 모습도 이와 같이 지저분하기 짝이 없었지만 그래도 강호에서는 제법 이름을 날렸다지 않은가.

그러고 보면 사람은, 특히 강호에 나와서 만난 자라면 그 생긴 것만 보고 판단할 수 없는 모양이다.

지마 종자허를 떠올리자 그런 생각이 더욱 커졌다. 겉으로 보기에는 그저 병색이 완연한 백면서생에 지나지 않던 자였다. 하지만 그 냉혹함과 무시무시함은 다시 떠올리고 싶지 않을 만큼 지독했다.

백무향만 해도 그렇지 않은가.

누가 그 화사하고 요염한 요괴를 두고 칠십 먹은 노파라고 할 것인가.

사람의 애간장을 녹이고도 남을 그 눈웃음 속에 지옥의 야차보다 지독한 잔혹함이 감추어져 있다고 짐작이나 할 것인가.

우문한도 마찬가지다.

그런 생각을 한 장팔봉은 눈앞의 도사를 얕보던 마음을 싹 버렸다.

"한잔하시려오?"

향기로운 술이 가득 차 있는 술병을 들어 보이자 도사가 한 마디 사양도 하지 않고 빈 잔을 내밀었다.

술은 향기롭고 독한 검남춘이다. 한 잔 가득 따르자 사과 향기 같기도 한 주향이 은은히 퍼져 주위 사람들의 코를 자극한다.

도사는 염치가 좋았다. 장팔봉이 따라주는 대로 넙죽넙죽 술을 받아 마실 뿐만 아니라 안주까지도 제 것처럼 집어먹어 댄다.

지저분한 접시로 보아 그동안 먹은 양이 꽤 많은 모양인데도 여전히 먹성 좋게 고기며 채소를 가리지 않고 먹어댔다.

"허기졌던 모양이구려?"

혀를 찬 장팔봉이 점소이를 불러 빈 접시들을 치우게 하고 다시 이것저것 기름진 음식들을 주문했다.

이내 탁자가 비좁다 하고 온갖 음식들이 차려졌다.

'어디, 네가 얼마나 먹을 수 있나 보자.' 네 배가 터지나 내 주머니가 거덜이 나나 한번 해보는 거야.'

그런 속셈인데, 도사는 정말 소 같았다. 꾸역꾸역 쉬지 않고 먹어댄다. 도대체 뱃속에 구멍이 뚫려서 먹는 대로 쏟아내는 것 같았다.

아귀(餓鬼)가 있다면 바로 이와 같을 것이라는 생각이 절로 든다.

그렇게 두 번 탁자 위의 음식들이 바뀌고 나서야 도사가 트

림을 하며 젓가락을 내려놓았다.

"내가 오늘 생전 처음으로 흡족하게 먹어보았네. 이게 다 자네 덕분이니 보답을 하지 않을 수 없지."

넌지시 건너다보며 하는 말에 장팔봉이 두 손을 마구 내저었다.

"됐소, 됐어. 나 또한 생전 처음 이렇게 많이 먹는 사람을 보았다오. 좋은 구경을 했으니 두고두고 이야깃거리가 되겠지. 그거면 충분하오."

친해지고 싶은 마음이 조금도 없는 것이다.

이런 도사를 친구로 삼았다가는 곳간에 황금을 쌓아두고 있다 해도 금방 거덜이 나고 말 거라는 두려움이 컸다.

도사가 느긋한 얼굴로 장팔봉을 바라보며 무어라고 혼잣말을 했는데, 주문을 웅얼거리는 것 같기도 하고, 취기가 올라 알아들을 수 없는 노래를 흥얼거리는 것 같기도 했다.

그러던 도사가 갑자기 얼굴색이 변했다.

차갑고 싸늘한 안색이 되더니 급히 외면하고 창밖을 바라본다.

'이게 여간 수상한 도사가 아니로군?'

장팔봉은 그때 흘깃 스쳐 가던 도사의 눈빛을 놓치지 않고 보았다. 절로 경계하는 마음이 된다.

도사가 외면한 것과 거의 동시에 주청 안으로 두 사람이 들어섰다.

갓이 넓은 모자를 쓰고 망사로 얼굴을 가린 젊은 여인과 그녀의 종으로 보이는 늙은 노파였다.

망사녀는 헐렁하고 수수한 옷으로 몸을 감싸고 있었는데, 그래도 그녀의 날씬한 몸매와 은은하게 우러나는 기품마저 다 가릴 수는 없었다.

비록 얼굴을 알아볼 수 없지만 그녀의 몸에서 풍겨 나오고 있는 고아한 기품만으로도 주청 안에 가득한 취객들의 눈길을 끌기에 충분했다.

점소이가 급히 다가가 굽실거리며 무어라고 낮게 말을 나누고는 그녀들을 이층으로 안내해 갔다.

망사녀를 본 순간 장팔봉은 뒤통수를 한 대 얻어맞은 것 같은 충격에 빠졌다.

그녀, 귀택호의 풍우주가에서 잔심부름을 하던 벙어리 아가씨가 불쑥 생각났기 때문이다.

그런 선입견 때문인지 볼수록 어딘가 낯이 익은 모습이라는 생각을 떨쳐 버릴 수가 없다.

저 망사를 걷어올리고 얼굴을 본다면 확인할 수 있을 것이다.

장팔봉의 눈길이 우아한 자태로 이층 계단을 걸어 올라가고 있는 그녀의 뒷모습에서 떨어지지 않았다.

이층의 난간 가에 있는 탁자에 그녀가 앉았다. 여전히 망사를 늘어뜨린 모자를 쓰고 있지만 그 옆모습은 확실히 낯익은 모습이었다.

'그녀다!'

장팔봉은 그렇게 확신했다. 누구보다 예민한 그의 느낌이 확신을 더해준다.

풍우주가의 벙어리 소저. 아니, 종자허는 그녀가 벙어리가 아니라고 했다.

어쨌든 그녀가 왜 이곳에 온 건지, 전혀 다른 사람인 듯 변장한 저 의도는 무엇인지 사뭇 궁금해지지 않을 수 없다.

"잠시 실례하겠소이다."

도사에게 양해를 구한 장팔봉이 서둘러 이층으로 올라갔다.

쿵쿵거리며 다가가자 그녀의 곁에 앉아 있던 노파가 매서운 눈길로 노려보았다.

'훙, 바로 그 노파로군.'

장팔봉은 노파의 눈매에서 그것을 느낄 수 있었다.

종자허가 추 파파라고 했던 바로 그 노파다.

그날 밤에는 흑의에 복면을 하고 있어서 얼굴을 알아볼 수 없었지만 눈매만은 여전히 기억하고 있었던 것이다.

더욱 의심이 커진다.

장팔봉이 다가가자 추 파파가 어깨를 움찔거렸다. 잔뜩 경계하고 바라보는데 두 눈에 적의가 가득했다. 하지만 망사녀가 가만히 옷자락을 잡아당겼으므로 추 파파는 감히 발작하지 못했다.

"소저, 이런 곳에서 또 만나게 되는군요. 이것 참, 대단한 인연이오. 그렇지 않소?"

포권하고 말을 건네지만 싸늘한 침묵이 돌아올 뿐이다.

'흥, 나 같은 건 안중에도 없다 이 말이지? 그렇다고 해서 부끄러워하며 물러설 이 어르신이 아니다. 나는 네 정체가 무엇인지, 왜 벙어리 행세를 하고 있었던 건지, 이처럼 번화한 저자에 나온 이유는 무엇인지 알아내고 말 테다.'

단단히 결심한 장팔봉이 그녀의 앞에 털썩 주저앉았다. 소리쳐 점소이를 불러 술잔을 하나 더 가져오라고 하더니 서슴없이 그녀의 술병을 들어 잔을 채운다.

"조금 있으면 다시 헤어질 운명이라니, 이 어찌 지금 이 순간이 아깝고 아쉽지 않으리오."

"……."

"인생은 즐기는 거라오. 매 순간을 마지막으로 알고 유쾌하게 즐긴다면 인생 전체가 더할 수 없이 즐거워질 것 아니겠소? 그와 같이 만남의 반가움을 즐깁시다. 매 순간이 새로워질 거요. 십 년을 붙어 산 마누라도 어젯밤에 헤어졌다가 오늘 아침에 새로운 듯이 만날 수 있다면 인생의 즐거움이 배가되지 않겠소? 자, 그런 의미에서 소저에게 한 잔 올리겠소."

너스레를 떨며 제 술잔을 호쾌하게 비웠다. 하지만 망사녀는 묵묵부답 상대를 하지 않았다.

마누라 운운한 것은 은근히 그녀를 충동질해서 화라도 내게 해볼 생각에서였는데, 그녀의 반응이 목석과 같으니 멋쩍어진다.

화를 잘 내는 여자는 달래기도 쉽다. 화를 드물게 내는 여자는 달래기 어렵지만, 한번 달래주면 나긋나긋함이 더 오래간다. 하지만 이처럼 반응이 아예 없는 여자라면 대책이 없다.

고개를 숙이고 있으니 망사 속의 눈빛마저 읽을 수가 없어서 더 답답했다.

그럴수록 장팔봉은 오기가 생겨서 반드시 이 여자의 목소리를 듣고 얼굴을 보고 말겠다는 결심을 했다.

한 번 점찍으면 절대로 포기하지도, 놓치지도 않는 그 아닌가.

잠시 생각하던 장팔봉이 목소리를 낮추어 넌지시 물었다.

"혹시 종자허라는 자를 아시오?"

"……."

"그럼 지마라는 이름은 들어보았소?"

"……."

"풍우주가에 추 씨 성을 쓰는 노파가 있는데 모르시오?"

"……."

"아가씨의 성이 진 씨라던데 사실이오?"

"……."

장팔봉은 그녀가 어떤 식으로든 반응해 올 것이라고 기대했다. 그러면 제 스스로 정체를 드러내게 할 수 있다.

그래서 깜짝 놀랄 만한 것만 물어보았는데, 망사녀는 여전히 침묵했다. 한 점 흔들림이 없다.

그녀는 다시 벙어리 행세를 하기로 작정한 듯 도대체 입을 열지 않는다.

귀찮으면 화를 내며 쫓아버리기라도 할 것이지, 이처럼 철저히 무시한다는 게 더 기분 나쁘다.

그래서 제가 화를 내려는데 문득 이상한 느낌이 들었다.

떠들썩하던 아래층이 찬물을 뒤집어쓰기라도 한 듯 조용해 져 있었던 것이다.

무슨 일인가 해서 내려다본 장팔봉이 어리둥절한 얼굴을 했 다.

주청을 가득 메우고 있던 사람들이 모두 구석으로 몰려 있고, 이곳에 들어와 왁자하게 떠들며 술을 마시던 백의의 무인들 여섯 명이 좌우로 늘어서서 공손히 허리를 굽히고 있었던 것이다.

그 사이로 세 사람이 보무도 당당하게 걸어오고 있다.

한 사람은 상투를 틀고 검은 수염을 가슴 앞에 늘어뜨린 붉은 얼굴의 노인인데, 깨끗하게 손질된 자색 장삼에 누런 비단 띠를 둘렀다.

걸음걸이가 웅장하고 기세가 장중해서 보는 것만으로도 절로 위압감을 느끼게 된다.

검은 수염 노인과 두어 걸음 떨어져서 두 명의 중년인이 공손하게 따르고 있었다.

깨끗한 흰색 장포를 걸쳤는데, 옷소매에 황금색 띠가 둘려 있고, 각자 등에 한 자루의 고색창연한 보검을 지고 있었다.

얼굴이 깨끗하고 태도가 공손한 중에 위엄이 있다.

이제는 장팔봉의 얼굴에서도 장난기와 오기의 기색이 싹 사라졌다. 그들이 성큼성큼 이층으로 올라왔기 때문이다.

대체 누구기에 위세가 이처럼 엄청나단 말인가? 하는 의문이 절로 든다.

더욱 놀라운 건 그들 세 사람이 곧장 망사녀를 향해 다가오고 있다는 거였다.

장팔봉이 앉은 것도 아니고 일어선 것도 아닌 엉거주춤한 꼴로 어쩔 줄 모르는 동안 그들은 탁자 앞에 이르렀다.

장팔봉을 일별한 검은 수염의 노인이 놀랍게도 망사녀에게 포권한다.

"오래 기다리게 했다면 죄송하외다."

"이렇게 손수 나와주시다니 황송할 뿐인걸요."

그녀가 자리에서 일어나 정중히 인사하며 겸양의 말을 했다. 노인의 근엄한 얼굴에 한줄기 미소가 걸린다.

장팔봉은 드디어 그녀의 옥구슬 부딪는 듯한 낭랑한 목소리를 들었다. 하지만 너무 놀라 그 사실마저 잊었으니 들으나마나였다.

대체 이게 어찌 된 일인지, 제가 지금 제대로 보고 있는 건지 의심스러워졌다.

"진작 연락을 받았다면 영접이 소홀하지 않았을 텐데 오늘 아침에야 소저의 본가에서 기별이 왔던 터라 그만 결례를 범하고 말았소이다."

"죄송해요. 소녀는 다만 어르신들을 귀찮게 하지 않으려는 마음에 아무 연락도 하지 않은 거랍니다. 모두 소녀의 불찰이니 꾸짖음을 달게 받겠습니다."

"허허허, 그런 뜻은 아니라오. 노부가 어찌 소저를……."

노인의 붉은 얼굴이 더 붉어졌다.

장팔봉은 어리둥절해졌다. 대체 이 여인의 정체가 뭐란 말인가.

풍우주가에서 보았을 때부터 무언가 수상하다는 느낌은 받았으나, 지금은 그게 지나쳐 신비하게 보이기까지 한다. 단지주가의 종업원이 아니라 신분 또한 보통이 아닌 것 같지 않은가.

"소저와 일행이신가?"

노인이 웃음 띤 얼굴로 장팔봉을 보며 비로소 그렇게 물어왔다.

"아, 아니올시다."

장팔봉이 고개를 숙이고 급히 물러섰다. 그를 바라보는 노인의 눈은 무심했으나 뒤에 시립하고 서 있던 두 중년인의 눈길을 그렇지 않았다.

장팔봉은 못된 짓을 하다 들킨 사람처럼 얼굴을 붉힌 채 허둥지둥 아래층으로 내려갔다.

'어라?'

제 자리를 보니 거기 있어야 할 추레한 도사가 사라지고 없었다.

탁자 위에 술을 찍어 급히 휘갈겨 쓴 글자가 아직 마르지 않은 걸로 보아 막 떠난 모양이었다.

그런데도 그의 움직임을 눈치 채지 못했으니 그 또한 장팔봉을 당황하게 했다.

'이런 빌어먹을. 이번 일은 처음부터 꼬이기만 하는구나.'

속으로 투덜거린 장팔봉이 재빨리 탁자 위를 문질러 글자를 지웠다.

도사는 장팔봉에게 무언가 전할 말이 있었던 모양인데, 장팔봉이 까막눈이라는 건 조금도 알지 못했으니 소용없는 일이었다.

장팔봉이 다시 제자리에 앉으며 슬며시 바깥을 훔쳐보았다.

객잔 밖에는 말을 탄 이십여 명의 장정들이 도열해 서 있었다. 하나같이 엄숙한 기색이고, 등에 보검을 메고 있었다.

기수가 들고 있는 깃발이 바람에 펄럭였는데, '남위위진(南位威振) 천검보(天劍堡)'라는 일곱 글자가 붉은 바탕에 금색 글자로 선명하게 새겨져 있었다.

장팔봉이 옆 탁자에 있는 사람에게 턱짓으로 그 깃발을 가리켰다.

"저게 뭐라고 쓴 거요?"

그자가 한심하다는 듯 흘겨보더니 퉁명스럽게 말해준다.

"눈깔이 있으나마나군. 남위위진 천검보라고 쓴 걸 못 읽다니."

다른 때 같았으면 발끈했을 말이지만 장팔봉은 지금 그런 것에 신경 쓸 마음이 아니었다.

'천검보였군.'

그 이름은 장팔봉도 익히 들어 알고 있었다. 천검보 자체의 명성은 구파일방보다 오히려 높다고 해도 과언이 아닐 것이다.

무림맹에도 패천마련에도 가입하지 않은 채 꿋꿋이 버텼고, 패천마련이 무림을 장악한 뒤로도 여전히 저렇게 제 깃발을 내세울 수 있다는 게 증거다.

강호에는 오래전부터 일궁(一宮), 이보(二堡), 삼장(三莊)이 머지않아 구파와 오대세가를 누르리라는 말이 널리 퍼져 있었다.

일궁으로 불리는 정무궁(正武宮)은 백도의 군소문파와 방회 일백팔 개가 모여서 이룬 것인지라 연합체적인 성격이 강했다.

하지만 이보와 삼궁은 절세적인 무공과 웅지를 지닌 개인이 이룬 것이니 강호의 실질적인 패자가 웅크리고 있는 곳이요, 용이 승천할 날을 기다리고 있는 와호장룡지처(臥虎藏龍之處)였다.

무림맹이 패망하면서 일궁도 자연스럽게 와해되고 말았으므로 지금으로서는 구대문파와 오대세가에 견줄 만한 가장 막강한 세력을 자랑하는 곳이 이보와 삼장이다.

그중 천도호 중앙에 우뚝 솟아 있는 커다란 섬을 독차지하고 있는 곳이 바로 그 이보 중 한 곳인 천검보였다.

백도와 흑도 어느 쪽에도 참여하지 않으면서 강호의 중심 세력 중 하나로 부상해 있으니 어쩌면 보주는 독패강호할 야심을 가지고 있는 건지도 모른다.

장팔봉이 어떻게 할까 머뭇거리는데 이층에서 노인과 소녀가 어깨를 나란히 하고 내려왔다. 두 중년의 검수는 여전히 뒤에서 공손하게 손을 모으고 따른다.

그들은 주청 안의 사람들에게 눈길도 주지 않았다. 주청을 떠나기 전 두 중년의 검수 중 눈매가 가늘고 날카로운 자가 장팔봉을 매섭게 한 번 노려보았을 뿐이다.

이내 객잔 밖에서 요란하게 달려가는 말발굽 소리가 들렸다. 빠르게 멀어져 가고 있었다.

"휴—"

그들의 모습이 완전히 사라지고 나서야 장팔봉은 안도의 한숨을 쉬었다.

"이건 재미있는 일이 생기려는 건지, 입장 곤란해질 일이 생기려는 건지 알 수가 없구나."

머리를 설레설레 흔들며 허리를 폈다. 잔뜩 긴장하고 있었던 듯, 얼굴에 진땀이 배어 나와 번들거렸다.

천천히 주청을 나온 장팔봉은 우두커니 서서 어두운 하늘을 바라보았다.

유성 하나가 별 사이를 가르며 빠르게 흘러갔다.

"천검보라. 천검보……."

중얼거리던 장팔봉의 입가에 알 수 없는 미소가 떠올랐다. 찐득하면서 수상하기 짝이 없는 음흉한 미소였다.

다음날 새벽녘이다.

곤한 잠에 빠져 있던 장팔봉은 무언가 얼굴을 선뜻하게 하는 낯선 느낌을 받았다.

애써 의식을 차리려고 노력하면서도 여전히 눈을 꼭 감은 채 깊은 잠에 빠져 있는 듯 연기한다.

점점 현실감이 살아나면서 제가 느꼈던 그 낯선 느낌이 착각이 아니라는 걸 실감하고 긴장했다.

'어떤 놈이?

무슨 목적으로 이처럼 은밀하게 제 침상으로 접근해 온 건지 모르나 좋은 뜻은 아닐 것이다.

화가 나면서도 한편으로는 지독한 긴장으로 등줄기에 식은 땀이 났다.

"일어나라."

귓전에 다가오는 낮은 음성이 귀에 익다.

'어렵쇼?

장팔봉이 슬며시 눈을 떴다. 그리고 깜짝 놀라 일어나 앉는다.

언제, 어떻게 들어온 건지, 지난밤에 화승객잔에서 마주 앉았던 그 추레한 도사가 창가의 탁자에 태연스럽게 앉아 있었던 것이다.

"뭐야? 당신 도둑이었어?"

놀라 소리치자 도사가 빙긋 웃었다.

"왜 내가 말한 곳으로 오지 않았느냐?"

"말? 무슨 말?"

"탁자 위에 술을 찍어 써놓은 전갈을 보지 못했단 말이냐?"

"염병, 지렁이가 재빨리 기어간 것 같아서 당최 알아볼 수가 없습디다."

"음, 이제 보니 너는 까막눈이었구나. 나의 불찰이다. 그것 도 모르고 밤새 오지 않는 너를 기다리며 욕을 해댔으니 미안 하구나."

"나를 왜 찾았던 거요?"

"경고해 주려고."

"무슨 경고?"

"그 아가씨에 대해서지."

"당신도 알고 있었소?"

"잘 알지."

"어허—"

장팔봉은 이 추레한 도사 또한 귀택호와 풍우주가를 알고, 그곳에서 허드렛일을 하는 벙어리 아가씨를 잘 아는 모양이라 고 지레짐작했다.

그렇다면 지마 종자허 등과 한통속인지도 모른다.

그런 생각을 하자 부쩍 경계하는 마음이 들었다.

"내게 무슨 말을 하려는 거요?"

"네가 장팔봉이지?"

묻는 말과는 상관없이 엉뚱하게 이름을 부른다.

장팔봉은 깜짝 놀랐다.

"어라? 어떻게 내 이름을 알았소? 나는 당신에게 말해준 적이 없는데?"

도사가 의미심장한 미소를 띠고 지그시 바라보더니 다시 말했다.

"무림맹에 있었지? 풍운조의 조장으로 패천마련의 전위를 맞아 싸웠고."

"……."

"그 뒤에 승승장구하여 풍향사의 군주가 되었다가 감쪽같이 사라졌었다던데?"

"대체 당신 뭐야? 누군데 내 뒷조사를 하고 다닌 거야?"

"흘흘, 네 스스로 마밀천의 분타에 찾아 들어갔고, 자청해서 포로가 되었다던데?"

"허―"

장팔봉은 기가 막혔다.

생전 처음 보는 도사가 저의 행적에 대해서 줄줄 꿰고 있으니 놀랍기도 하고 어이없기도 했다. 화도 난다.

하지만 가만히 생각해 보면 거기까지 진행되었던 그 모든 일은 사실 비밀이라고 할 것도 없었다.

풍운조의 활약상이야 무림맹 내에서도 자자하게 퍼졌던 일이고, 제가 풍향사의 군주로 수직 상승한 것도 무림맹 전체에 왁자하게 알려졌던 일 아닌가.

그러니 그 소문이 널리 퍼지지 않았을 리가 없다.

마밀천에서 저를 패천마련 총단으로 호송해 가면서도 전시 효과를 노리고 세상이 떠들썩하도록 요란을 떨었다.

비밀이 아닌 것이다.

그렇게 생각한 장팔봉이 머리를 끄덕였다.

"그렇소. 내가 바로 그 장팔봉이오. 그런데 그게 어쨌다는 거요?"

"대신의가산으로 압송되어 갔으니 온갖 고문을 받았겠지?"

"뭐, 대충 비슷하오."

"그런 다음에도 너를 죽이지 않았으니 마련주 무극전은 소문과 달리 마음이 너그러운 호한이로구나?"

"나하고는 상관없는 일이오."

"그가 너를 순순히 풀어주었단 말이냐? 그럴 거면 무엇 하러 마련의 총단까지 압송해 갔을까?"

"그거야, 뭐……."

"너는 지옥이라고 불리는 그곳의 지하 뇌옥에 들어갔었지?"

"아!"

때려 붙이듯 벼락처럼 다그치는 도사의 말에 장팔봉이 크게 놀라 벌떡 일어섰다.

"그리고 그곳에서 탈출해 나왔군. 그렇지?"

"대체 당신 누구야?"

"흘흘, 너의 행적을 꿰고 다음의 일을 추측해 보면 누구나 짐작하게 될 수 있는 일이다. 너는 세상을 감쪽같이 속였다고 생각한 것이냐?"

장팔봉은 할 말이 없었다. 그저 멍하니 눈앞의 도사를 바라보기만 한다.

"자, 그 안에서 있었던 일을 말해보아라."

도사가 번쩍이는 눈으로 장팔봉을 직시하며 힘주어 말했다.

근엄하고 웅장한 기도가 뭉클 피어올라 단번에 장팔봉을 압도해 버린다.

그 앞에서 장팔봉은 옴짝달싹할 수가 없었다.

이건 걸려도 된통 걸렸다는 불안감만 증폭될 뿐이다.

이제 눈앞의 도사가 더 이상 꾀죄하고 먹성이 아귀 같은 거지 도사로 보이지 않았다.

'화냐, 복이냐?'

그걸 짐작해 보기 위해 끙끙거리지만 도대체 이 도사의 의중을 알 수가 없었다.

『봉명도』 제2권 끝

이경영 소설

섀델 크로이츠

SCHADEL KREUZ

[2부] *Philosopher*
필라소퍼

정도를 추구하고 세상을 바로잡는
하얀 왕의 힘이 필요한 역전체 군단.
신의 존재에 가까운 '절대자'와
또 다른 천요의 등장.
그들의 목적은 헨지를 통한
공간왜곡의 문!

주어진 운명에 대항하는 자들과 이를 막으려는 자들.
그리고 밝혀지는 전설의 진실 앞에 또 다른
전설의 존재가 탄생하는데……

섀델 크로이츠, 그들의 임무가 시작되었다.

— 유행이 아닌 자유추구 —
WWW.chungeoram.com
Book Publishing CHUNGEORAM

CHARM MASTER

참마스터

눈매 퓨전 판타지 소설

부적(Charm)이란

**만드는 자의 정성, 만드는 자의 능력, 받는 자의 믿음,
이 세 가지가 충족되어야 최고의 힘을 발휘한다.**

이계에서 넘어온 영환도사의 후손 진월랑!
아르젠 제국의 일등 개국 공신 가문이었던 이계인 가문, 진가가 하루아침에 몰락했다.
그것도 가장 믿었던 사람으로 인해.

홀로 살아남은 어린 월랑은 하루하루 생존 게임이 벌어지는
살인자들의 섬으로 보내지는데……

**독과 부적의 힘을 손에 넣은 진월랑!
그가 피바람을 몰고 육지로 돌아온다.**

유행이 아닌 자유추구 -
WWW.chungeoram.com

Book Publishing CHUNGEORAM

Book Publishing CHUNGEORAM

청운하 新무협 판타지 소설

백팔번뇌

百八
煩惱

세상은 날 버렸다.
나 또한 세상을 버렸다.

神이 선택한 그들이 흘린 쓰레기를…
난 그저 주위 먹었을 뿐이다.
그러므로 난 여전히 배가 고프다.

**일류(一流)가 되기 위해서라면…
난 기꺼이 신마저 집어삼킬 것이다.**

유행이 아닌 자유추구 -
WWW.chungeoram.com

Book Publishing CHUNGEORAM

백팔살인공을 한 몸에 지닌 그를
훗날 천하는 그렇게 불렀다.

대무신 大武神

임영기 新무협 판타지 소설

무간백구호(無間百九號). 태무악(太武岳).
신풍혈수(神風血手). 대살성(大殺星).

고독한 소년이 세 살 때의 기억을 좇아
천하를 상대로 싸우면서 열아홉 살 때까지 얻은 이름들.
그리고 백팔살인공(百八殺人功).

大武神

백팔살인공을 한 몸에 지닌 그를 훗날 천하는 그렇게 불렀다.

유행이 아닌 자유추구 -
WWW.chungeoram.com

Book Publishing CHUNGEORAM